iHuman
成为更好的人

TANIZAKI JUNICHIRO

怪奇幻想俱乐部

［日］谷崎润一郎 —— 著

黄洁萍　牛梦鸽 —— 译

广西师范大学出版社

· 桂林 ·

怪奇幻想俱乐部
GUAIQI HUANXIANG JULEBU

图书在版编目（CIP）数据

怪奇幻想俱乐部 /（日）谷崎润一郎著；黄洁萍，牛梦鸽译. —桂林：广西师范大学出版社，2020.7
（谷崎润一郎作品集）
ISBN 978-7-5598-2892-7

Ⅰ. ①怪… Ⅱ. ①谷… ②黄… ③牛… Ⅲ. ①短篇小说－小说集－日本－现代 Ⅳ. ①I313.45

中国版本图书馆 CIP 数据核字（2020）第 094232 号

广西师范大学出版社出版发行

（广西桂林市五里店路9号　邮政编码：541004
网址：http://www.bbtpress.com）

出版人：黄轩庄
全国新华书店经销
广西民族印刷包装集团有限公司印刷
（南宁市高新区高新三路1号　邮政编码：530007）
开本：787 mm × 1 092 mm　1/32
印张：6.375　　字数：94 千字
2020 年 7 月第 1 版　2020 年 7 月第 1 次印刷
印数：0 001~8 000 册　定价：40.00 元

如发现印装质量问题，影响阅读，请与出版社发行部门联系调换。

一切都如谜似幻。说它是谜却又太不可思议，说它若幻却又太过清晰。

目 录

病榻上的幻想 —— 001

白昼鬼语 —— 029

人变成猴子的故事 —— 114

变成鱼的李太白 —— 136

美食俱乐部 —— 149

病榻上的幻想

他病了,躺在床上呻吟——他这人生来就没志气、没忍耐力,动不动还爱落泪。十年前得了神经衰弱,如今丝毫未见好转,一年到头为蜘蛛丝般的琐碎小事担惊受怕,加上这四天,倒霉的牙疼耗尽了精力,他甚至担心自己会就此撒手人寰。

就算单纯的牙疼还不至于死,牙龈发炎带来的如剜肉般残忍毒辣的痛也将人的精神摧残得乱七八糟,几近发疯。自己异于常人的肥胖、衰弱的心脏,本就让他十分介怀,如今只是一点儿发烧,神经就大为痛苦,倒像真得了什么大病似的。

"牙龈发炎不可能烧得这么厉害。您有测过体温吗?多少度了?"医生用怀疑的语气问。

"测是没测，但我确定是有点烧的。您也知道，虚胖的人最怕发烧……"

"既然如此，大概六七成是发烧了。建议您测一下体温反而安心一点。"

即便医生这般叮嘱，他也决不会测的。万一测了，体温有三十八度或者三十八度以上的话那就糟糕了。实际可能真有那么烧。

下颌右侧最里面的龋齿已经被腐蚀得所剩无几，而牙龈周边淤积着不停流注的坏血，导致脓肿和溃烂，半边脸一直火辣辣地发烫。起初确实是那颗龋齿作祟，待到龋齿烂到只剩半边时，上颌和下颌的每颗牙都刺痛得厉害，以致弄不清哪颗才是罪魁祸首。牙痛从早到晚地折磨人，他一直忍着，似乎忍到了人类的极限。他觉着不管是谁，意志力再顽强，脑子再好使，到这种地步多少都会有些精神失常，陷入一种神志不清而乱七八糟的状态，几近白痴或癫狂。眼下，因为剧烈的疼痛，他的神经变得奇怪起来，分不清痛还是不痛了。他被烧得恍恍惚惚，仿佛置身于被层层雾气包围的梦境，开始浮想联翩。

"当人能清晰感到痛的时候，是因为还不够痛；疼痛更甚了，就会产生一种异于寻常的痛感。"

他一边想一边体味着苦痛。四五天前，原先那颗龋齿确实像遭到锥子无情猛刺一般疼痛，随着疼痛在口腔扩张阵地，旁边那颗原本安稳无事的臼齿开始响应，连上颌那颗犬齿不知何时起也试着共鸣，最后单侧所有牙齿都发生"共振"，简直像在琴键上乱弹一气，到处叮叮咚咚地甚是吵闹。极其嘈杂的声音响彻整个房间，而如今每个音符又像根本听不见了，极度的嘈杂和极度的宁静如此和谐，正如极度的痛苦和极度的安乐不分你我。

举个例子，从上下颌骨牙根处丛生出无数喧嚣扰人的嘈杂声，汇聚成巨大的咣咣声，不停地在口腔顶部回响，像被人用惊人的野蛮力气揍过颧骨般，感到持久的麻痹。可是用心留意每颗牙的痛感，就会发现那不叫痛，倒像是音符在哔哩哔哩地跳动。

"没错！痛到了极限就仿佛变成了声响，像声波传播在空中一样，牙龈的知觉神经也会产生一种共振！"他在心里嘀咕。

因为猛烈的共振，牙洞失去知觉，神经系统也不起作用，痛感没有之前那般强烈了。心里还想说："怎么回事，明明刚才还痛得不得了，现在冷静下来了，发现不算痛啊。"正如平素最恐惧死亡的人，濒临病死之时反倒安下心来一般，受到强烈刺激后的神经自行调节，产生一种"放弃"的想法以顺应外界，让痛苦不被视作痛苦。至少他是发现了，他的神经如今会依照他的意志随心所欲地发生改变。只要发出"不痛！一点儿也不痛！"的命令，神经就会立马停止工作，他便完全感受不到疼痛。相反，将神经凝聚在口腔的任意一点，那一点就当即开始疼痛。他可以根据自己的选择，随意选定其中任何一颗牙齿，随时让它疼起来。

他有些得意，像小孩子在钢琴上搞恶作剧一般，驱使着神经之手在牙齿上这里弹弹那里点点，试着让各个地方都疼起来。他既能让某一颗特定的牙齿疼，也能同时让两颗、三颗牙齿一起哔哩哔哩地作痛。

"这样一来就跟实际弹钢琴是一样的道理，一颗颗牙齿就像钢琴的键盘，不是很奇妙吗？"——他似乎能根据不同牙齿的疼痛程度来想象它们的音阶：如果说位于最前方、痛感最低的牙齿是Do，痛感稍强的是Re，痛感再强一点的是Mi，像这样备齐了完整的七个音级，无论是"汽笛一声"[1]、"春烂漫"[2]，还是"莎诺莎"调[3]、喇叭调[4]，

---

[1] 指《汽笛一声新橋を》，出自1900年发表的《铁路歌曲》，该歌曲中融入了日本铁路沿线站名和沿线风景名胜。
[2] 指《春爛漫の花の色》，发表于1901年，由矢野勘治作词，丰原雄太郎作曲，日本旧制第一高等学校代表性寮歌之一，谷崎润一郎即毕业于该校。
[3] 1897年前后开始流行的俗谣，因每节都用"莎诺莎"这种谐韵虚词结尾，故称"莎诺莎"调。
[4] 明治时期的流行小调，1904年由演歌师添田哑蝉坊创作。

只要是喜欢的歌曲,他都能演奏出来。

"嗯,没错,的确能和音阶联想起来——话说回来,我定是烧得不轻——肯定是发烧烧得精神恍惚了,才产生了这些奇怪的想法。"

他琢磨着,又感到耳朵一个劲儿地嗡嗡作响,体内血液翻腾直冲脑门,令人烦躁。他闭上眼睛,敷着冰袋,感觉自己昏昏沉沉地仿佛坠入晦暗幽深之地,又时不时感觉像在大浪中起起伏伏、摇摇晃晃。虽然看起来还没到神志昏迷的地步,可没过多久各种妄念却开始如蛆虫般纷纷在脑海中蠢蠢蠕动。

在他卧床的病房外,有个颇为宽敞的庭院。九月上旬,虽已初秋,却不改盛夏本色,耀眼炫目的阳光,闷热得每日溽蒸。朝南的花坛里紫菀、芙蓉和红白色的胡枝子徐徐开花,枝繁叶茂延绵成片,抽穗的芒草、半枯的桔梗和败酱如蓬头乱发般疏淡地生长着。百日菊、福禄考、美人蕉和翠菊都在绿丛中灿然绽放,争奇斗艳。那花坛边上,娇小可爱的松叶牡丹和天鹅绒般的千日红整整齐齐地开着,就像是刻在手工花彩纸上的一样漂亮。在两三尺高的雁来红和大丽花的衬托下,大朵的红秋葵如心脏般炽热鲜红,尽情地在烈日下摇曳盛开着。

"老爷,又一朵红秋葵败了。这花儿的命真短呢。才开一天,本来颜色还鲜亮得很,现在都凋落了。"

妻子一边帮他换冰袋一边说。

"嗯……"他懒懒地应了一声,没有一丝转头看向庭院的想法,依然捂着牙齿安静而悲伤地躺着。那朵生机勃勃的鲜红花朵,兀自美丽地绽放,没有风吹却颓然凋落,这般情景,给他一种不祥的预兆:此刻吸满了鲜血而膨胀的心脏,说不定也会和花儿一样,突然啪嗒一下就停止跳动。

"不过么,这向日葵开得真好。老爷,哎,老爷,您倒是转过头来看看这院子呀。"

妻子再次试着宽慰他,但他还是不理不睬,只痛苦地叹气。自己都这样了,老婆却只说些无关痛痒的小事,惹得他甚是恼怒,却连斥责她的力气都没有。他侧着身子,把牙齿不疼的那半边脸枕在枕头上,"啊"地半开着嘴,盯着壁龛上的挂轴,这时舌尖慢慢地像海鹞鱼般游动,极其小心谨慎地去舔舐最靠里边的那颗龋齿。不知是不是错觉,牙洞好像变得比平时更大更深了,俨然火山口一般傲然盘踞,从洞底巨岩里源源不断涌出的浊气,将这片口中的天地化为焦热地狱。他把龋齿那暴君般肆无忌惮的疼痛,想象成了最娇艳的向日葵。周围是绚烂的橙色花瓣,正中间是乌黑如蜻蜓复眼的花蕊,向日葵瑰丽的姿态,酷似这傲慢的龋齿带给人的疼痛。

"没错，牙齿的疼痛不仅接近于声响，还有着各种繁杂多样的色彩。"

他想着，脑中回想起曾经读过的波德莱尔[1]的 *Les Paradis Artificiels*[2] 中的一段话："Les équivoques les plus singulières, les transpositions d'idée les plus inexplicables ont lieu.[3] *Les sons ont une couleur, les couleur ont une musique.*"（声音具有色彩，色彩具有曲调。[4]）……这是诗人吸食大麻时对迷醉状态所进行的描写，对他来说，即便不借助鸦片、大麻的力量，已能感受几分这种迷醉状态。至少有一点是肯定的，如果每颗牙齿的疼痛都有相对应的音级，只要音级一变，就能呈现出万紫千红、形状大小各异的花朵。如果说疼痛像成熟的小脓包一样最为强烈执着的臼齿是向日葵，那么与之相反的，上颌犬齿带来的短而尖锐、阵阵抽动的刺痛，便是如血块火团以令人眩晕的速度旋转狂舞一般，鲜红又辛辣的疼痛。

---

1 夏尔·波德莱尔（Charles Pierre Baudelaire，1821—1867），法国现代派诗人，象征派诗歌的先驱，代表作有《恶之花》。
2 《人造天堂》。
3 大意是"这时发生最奇特的暧昧，最不可解释的观念的颠倒"，参见2011年上海译文出版社版《人造天堂》郭宏安译。
4 此处引用郭宏安译。

"原来如此，这就是鲜红的疼痛啊，是某种极其鲜红的东西成片燃烧起来的疼痛。"——他不由自主地联想到红秋葵，越想越觉得牙齿同红秋葵关系密切，到最后，竟觉着这鲜艳夺目的红花开满了整个口腔；在下颌角落里隐隐作痛的几颗白齿，酷似一条茎上缀有许多胭红花朵的福禄考，前齿虫蚁叮咬般的惹人怜爱的刺痛，正好和点缀花坛边缘的松叶牡丹相似。不可思议的是，牙齿若根据各自固有的特点越发疼痛，他的幻想就越能在眼前呈现出清晰的形态。就这样，转瞬之间，他在口腔里营造了如庭院花坛般的美丽景象，在那里，初秋的午后阳光缓缓洒下，蜜蜂和蝴蝶在花丛中翩翩飞舞、嬉戏玩闹……

回过神来，脑袋好像烧得比之前更厉害了。眼前的东西不停闪烁，自己像是在看万花筒。壁龛上悬挂着的浮世绘美人图摇摇晃晃地在空中划出怪异的立体主义线条，房顶不知不觉低垂下来，人站起来似乎就能顶到天花板，屋里的空间变得异常狭窄憋屈，闷热难耐。在这种牢笼般的地方，自己究竟要郁郁寡欢、恍惚到何时呢？如果要在床上一直躺十天半个月，还不如在宽阔的原野里，仰望蓝天，躺在凉爽的树荫草地上要好些。

"啊！好悲伤……好痛苦……好烦啊……"

他一时入了迷，似乎说出了如此谵语。一种难以名状、无法释怀而又乏然无味的感觉袭来，被脸颊上的污垢弄脏的泪水，像纸屑般扑簌簌地落下。

他单手轻轻拭去睫毛上的眼泪，开始想着自己的牙齿，想着自己口内那可恨的地狱、美丽的花坛。

"A noir, E blanc, I rouge, U vert, O bleu, voyelles..."[1]

不知何故，Rimbaud[2]的这句十四行诗在他的心里浮现，就像彩虹突然出现在天际一般。或许，正是花园里的百花缭乱让他做此联想，在记忆的世界里苏醒过来。正如这位法兰西象征主义诗人的想象，假如A、E、I、U、O这些元音里有着黑的白的红的颜色，那牙齿在口腔里无时无刻不一跳一跳地奏响着的曲调——即色彩的曲调，就能全部转化为字母表……A、B、C、D、E、F、G……

不管是身体还是心理，他都与真正的病人无二。稍微从枕上抬起头，立刻便觉头晕目眩，手脚一个劲儿地打冷战，无论是吃饭还是小便，都只能在病榻上解决。

"都九月了怎么还这么热？热过三伏天没道理呀，该

---

[1] 大意是"A黑、E白、I红、U绿、O蓝：元音哟……"出自兰波诗歌《元音》，此处引用彭建华译。
[2] 阿尔蒂尔·兰波（Jean Nicolas Arthur Rimbaud，1854—1891），法国象征主义诗人。

不会有地震吧？"

妻子在隔壁的房间里同女佣说着话。

的确，说不定真会发生地震——他最讨厌地震了。各种各样关于地震的书他都读过，对地震的相关知识也了如指掌。每六十年就会有一场大地震的迷信说法、日本的传统房屋其实比西式房屋更结实更抗震、大地震来临之前必定伴随着异常的地声，这些明明知道没有理由像他这样一年到头无缘无故为此担惊受怕的事，他都耿耿于怀，成了习惯，现在果然也在日夜担心。搬家的时候、在乡下旅馆投宿的时候、在妓馆过夜的时候，他最先考虑的总是如何应对地震。那种看起来不可靠的三四层洋房他能不进就不进，即使进了也马上出来；去浅草附近看电影时，他也会选择靠近出口的角落就坐，做好随时逃跑的准备，从不松懈；平安无事地看完电影出来，又会拍拍胸口，暗自庆幸自己捡回一条小命。

他认为有生之年怎么都会经历一场大地震。住在日本，尤其住在地震频发的东京，只要想活得足够长久，不管愿不愿意，必然得遭遇一次大地震，九死一生。对他而言，这地震比起疾病和其他任何事情都要危险，如走钢丝般让人心惊胆战。究其原因，一个人罹患不治之症的概率是相当低的，大地震却定会经历一次。而能不能手脚齐全完好无损地度过一场大灾难，对他而言仍是巨大的疑问——之所以如此，是因为他在二十三四年前，大致是明治二十六年[1]的七月，遭遇了一次非常厉害的大地震。那时他才小学二年级，下午两点左右从学校回到家里，正在厨房喝冰水，地面突然开始剧烈晃动。"是大地震！"他立马反应过来，但又不知道该去哪里避难，只好匆忙逃出家门跑向大马路，蹲在十字路口的正中间。那时他家在日本桥的蛎壳町[2]上开了一家经纪行，地震发生时正是午后开盘交易最热闹的时候。米屋町[3]两边鳞次栉比的商店，门前挤满了杂沓熙攘的买卖人，他们个个沉浸在金钱交易中，忘记了午后的苦热。突然，房子哐当哐当晃动起来，人们惊慌失措大喊大叫，你推我挤地在这条狭窄逼仄、两边塞满房子的小巷里四散奔逃……

"唉，我连那个时候都够害怕的了，如果再遇上比那更强的地震，该怎么办呢？如今我肥胖臃肿，心脏也不好，再不能像小时候那样身手敏捷地逃跑了，而且，我还卧病在床行动不便，再摊上突发的灾难，这条命可就没了。"

他的心里不知不觉充满了对地震的恐惧与不安。如果

1　1893年。
2　东京都中央区日本桥的商业区，曾设有米谷交易所，谷崎润一郎的出生地。
3　蛎壳町的别称，因此地设有米谷交易所而得名。

发生地震，自己毫无疑问逃不掉，肯定会被压在房梁底下，即便不如此，走起路来估计也摇摇晃晃头晕眼花，一听"地震"二字都会当场晕厥吧。仔细想想，谁都不知道地震什么时候发生，拖着不便的身子躺在床上实在太过危险，简直就是生活在火山口。啊，如何是好？

他的记忆，再次倒回明治二十六年七月某日的那场地震。那天，他蹲在十字路口，战战兢兢吓得魂都丢了，如梦似幻地目睹了世间罕见的灾难。是梦！太恐怖了，像做梦一样！之后的二十多年里，像那时那样令人不寒而栗的，像那时那样令人恐惧、无以言表而又Overwhelming[1]的场景，他再没有见过。当时避难的地点，就在如今蛎壳町东华小学附近的一丁目和二丁目交界的马路上，十字路口的警察局现在应该还在。据他的经验来看，大地震不是地面震动，而是像洋流般大规模、缓慢地上下摇动。自己脚下的地面，竟像轮船在水中浮动一般做着上下运动！读者们想象一下，就知道这多么恐怖了。不，形容像轮船或许还远远不够，应该说像氢气球——大地比世间任何事物都要坚硬厚实，无论怎样踩踏挖掘都纹丝不动，可地震来了它却像氢气球一样，轻飘飘地上下晃动。地上的繁华街道，星罗棋布、

---

[1] 巨大而令人难以应对。

鳞次栉比的房屋，四通八达的大马路和小街小巷小胡同，连同住在里面的无数的人，转瞬之间全被掀翻至高空之上，再缓缓落下。由于他在视野相对开阔的十字路口避难，才得以亲眼看见那种奇妙景象。在他的前方，笔直而宽阔的道路尽头，远远能看到一条人形町路。这条大约有二三百米长的平坦道路，竟以他所在的位置为基点，像起重机臂一样竖直翘起，将路尽头的人形町路掀翻至空中，转眼间又将其重重砸回地面，而他就在这陡峭坡道的顶点，俯瞰下面遥远谷底的人形町路。啊！多么恐怖！人类自生死难测的远古以来，便以大地为根基，在其上创造光辉的历史，在其上创造光明的未来，可令人安稳生活着的大地竟如此不稳固、如此脆弱！那时他不过七八岁，过度的恐惧可能使他产生了这样的幻觉，但他绝没有夸大自己亲睹的见闻。想来正是从那一刻起，他才变得现在这样胆小。在那瞬间，他才深刻体会到人的生命随时随地在受到威胁。

"唉唉。"

他拿走敷在脸上的冰袋，闷哼着翻过身，脸朝下趴在枕头上。儿时在十字路口看到的场景猛然浮现在眼前，他胸口的悸动愈发强烈，浑身汗毛竖立，再也无法镇定。

"老爷，要不要换一下冰？"

妻子的声音将他拉回现实，他渐渐清醒过来。——刚才是在做梦吗？先前对地震的各种想象、担忧都是在做梦吗？还是在清醒状态下的思考？不知道，他都不知道，他只知道自己像做了噩梦一般满头大汗。

"这闷热的天气真讨厌，这种日子肯定会发生地震——差不多也快要地震了吧，毕竟上次的安政地震已经过了很久了。"

老婆子又在厨房里自言自语。

他的老伴今年七十好几，对安政地震很是了解。那时她还是个十六七岁的妙龄少女，住在深川的冬木，据说那里是江户受灾最重的地方，她却幸免于难，安安稳稳活到现在。他那些关于地震的知识，大多来自老伴的经验之谈，以及大森博士的著述。据大森博士所言，大地震很少发生在白天，一般都在夜间或拂晓时分。老伴也说，安政大地震在晚上十点左右袭击江户。博士还说，东京和山区不一样，普通地震很少能听到地声，但是大地震发生之前一定伴随地声。老伴也说过，那晚地震发生之前她听到了大地震动的声音。博士说，东京下町区中地基最稳固的是银座到筑地一带，而最脆弱的是本所、深川、浅草等地以及神田的小川町，老伴的话佐证了这一点。除此之外，博士和老伴还轮流告诫他各种事项，例如刮大风的日子一般不会地震，日式的二层、三层房屋越靠上越安全，厕所、浴室、杂物房等简易平房反倒不容易倒塌,砖墙边上很危险,洋房的话躲在窗框边或站在门槛上是最安全的。

"如果今天发生地震的话,也要在入夜之后。今晚到明天天亮的这段时间是最令人担忧的。"

他极不希望老伴的预言成真,可内心还是害怕她的直觉太过敏锐。更烦心的是,午后风就停了。映在走廊玻璃推拉门上的草木叶影,无论凝视多久,也没有丝毫动静。举目向庭院对面眺望,远处山丘上的银杏树梢分明耸立直插蓝天,静如一幅远景油画,不曾见一片小叶子轻轻摇动。

"您看看,我说吧,些微风也没起呢。平时就算再怎么没风,出门的时候也多少会刮点儿。像今天这样草叶不动,蜘蛛网都不晃的日子少见得很,看来今晚要有大地震喽。安政地震发生的那天,我记着白天也是这种天气。"

老伴走到床前对他说道,语气带着一丝执拗,眼底闪烁着异样的压迫感。

"不可能,像今天这种没风的日子很常见的。"

他想笑,嘴角却不凑巧地痉挛起来,像被针刺般微微抽动。

"老爷,您这么说不对,像这样一点风都没有的日子可不常见。平常您再怎么觉得没有风,只要留心观察,就会发现高处的银杏叶子肯定会有些许晃动。老爷您没试过仔细观察吧,觉得我在诓您,以后您就自己好好瞧瞧……当然,前提是我们能侥幸活过今晚的大地震……"

太阳落山了,会起风吧。夜晚临近了,会变凉吧。不可能从早到晚都是这种没风的日子……渐渐地光线变弱,昏暗的天花板上,灯泡的碳丝渗出红宝石般的红光,风依旧如死一般沉寂,空气中弥漫的暑热气息令人窒息压抑,他躺在床上只稍微一动便觉得呼吸困难像要昏过去。尽管如此,他的神经却时刻保持着亢奋,有时心还会毫无缘由地怦怦直跳,血液从后脑勺直冲太阳穴。

妻子像教导孩子一样谆谆告诫着他:"啊!终于要入夜了。老爷,您看,还是没有风吧?……照这样发展下去肯定会震的……听好喽,我之前跟您说过了,大地震来临之前肯定会发出地声的,您得一直把耳朵贴在枕头上,注意地声。如果听到从远处传来的轰隆轰隆声,就赶紧逃命,这样就能平安无事躲过这场灾难。"

"可是老太婆,我可发着高烧,走路也摇摇晃晃的……你叫我跑,我该跑到哪儿去?"

"……"

这时,老伴一言不发,侧耳倾听,似乎被外面发生的事情吸引了注意力。四周漆黑一片,庭院里树木的黑影也像人一样被恐惧所笼罩,屏气凝神静静等待着即将发生的天地异变。

"诶，老爷，您听。"

突然，老伴压低嗓音颇有深意地笑着说道。

"哎，老爷，您能听到那个声音吗？"

老伴收敛笑意，严肃起来，异样的目光深处，极度紧张的神经开始逐渐发出强烈的光芒。

"老伴儿，你听到什么了？听到……"

话说到一半，他突然停下来，像在害怕什么。这时突然听到了一个声音——能听到，确实听到了。那是从远处传来的，也不知何时开始发出的，如同烧水壶里沸腾的开水般微弱的咕隆声。想来这声音应该早就开始了。待他留意到时，已经能听得很清楚，声音传播的速度像飞驰的火车一般，越来越近，越来越响，毋庸置疑……

"那就是地声吗？"

老伴没有回答，而是紧闭着嘴点头示意。但刹那之间，声音已经变得像打雷一般响。他急忙掀开被子，想要起身，然而老伴却极其镇定，依旧站在床边。

"老伴儿，现在还不跑吗？"

他感到恐惧如同冰凉的薄荷般从小腹一直沁入胸口。

"不，现在必须跑了……但我不打算跑，在安政大地震中我是躺着得救的，这次应该也可以。不过，您赶快跑吧，要跑就趁现在,不要磨磨蹭蹭,地震马上就要来了……"

此时的地声已成了巨大的声响,震耳欲聋,压过了老伴的说话声。他赶紧推开被子,可一想到匆忙起身就会头晕眼花,他又变得无比纠结。

"喂,大家怎么样了?阿光你在吗?阿光?"

他极力压低声音,呼喊着妻子的名字。然而他的声音也被地声盖过,连自己都听不到自己的声音。突然他感到心脏剧烈搏动,于是赶忙捂住胸口,照这情形,在逃跑或晕厥之前,说不定会先死于心脏爆裂……

得救的机会渺茫,他只能像砧板上蹦跶的鱼一样,拼命挣扎至死方休。他一如既往地小心捂住胸口,猛地挺身而起,结果,还是头脑发晕精神涣散,差点一头栽倒在地,只能双膝着地作匍匐状……突然,一声惊天动地、如同海啸般汹涌磅礴的地声隆隆响起,这声音比之前更加雄伟壮阔,如同百兽咆哮。

就在那一瞬间他发现了一件令人惊喜的事情。"什么嘛,这不是真正的地震,我安全了,死不了了。"他幸运地发现,他在梦中已经察觉到自己正做着有关地震的梦。然而即便是做梦,地声也愈发激烈,心跳越来越快,恐惧丝毫未见减少。无论如何迫切地要清醒过来,也无法轻易摆脱梦境。此时他又注意到一个奇妙的现象——地声是在梦中听见的没错，可心跳加快并不只出现在梦中，现实中的心脏确实在不安地跳动着。那么，就算地震发生在梦里，心脏爆裂的话自己必然也会死去。或许死在梦中的那一刻，也会在现实中死去。

他想着，猛然从梦中醒来，心脏依然咚咚跳个不停，如果梦再持续一会儿，心脏绝对会爆裂。他环顾四周，老伴并不在身边，正在隔壁的房间里开怀大笑着逗弄小孩。

"原来如此，原来是梦呢。没有地震，也没有什么地声。"

他没有听到地声，却发现自己的耳朵嗡嗡作响。可能耳鸣入梦后就像恐怖的地声吧。总之睁开双眼，梦境与现实并无太大差别，他感觉自己仍置身于幻想的世界，而现实世界也不知不觉变成了梦中那个闷热难耐的夜晚。这晚依旧没有风，与梦境不同的只是老伴不在身边，地声变成了耳鸣声，但仍是一个不安的、不愉快的、似有大地震要发生的夜晚。

他弄不清楚哪里是现实，又在何处入了梦。有几处的确像在做梦，却也有非常多的地方怎么都不像在做梦。他似乎很早之前就开始徘徊在混沌的无意识边缘，做了各种各样许许多多的梦，时而梦醒又时而入梦。梦与梦重叠交织，如同轻薄柔软的纱衣，一层又一层地缠绕包裹着身体，又像一个泡沫喷射出无数泡沫，追逐着无尽的妄想；不一会儿，纱衣一层又一层地褪去，泡沫一个又一个地消失不见，又回归明亮的现实世界——就这样一遍又一遍地重复着整个过程。

现在的他虽然稍稍清醒了，却还未恢复现实世界的实感，总感觉有一两层纱衣被遗留在了某个不知什么地方，好不容易要完全清醒了，意识又像纯白的纸张被墨水浸润，从边角开始慢慢洇染，白色部分随着时间的流逝逐渐缩小。梦境一个接一个没有尽头，穿过一片又来一片，如同汹涌而来的阴云一般。而自己则像登山的旅人，心绪一会儿灿烂明媚，一会儿又阴云密布……

"我现在清醒得很，没有做梦。我听到的不是地声而是耳鸣，可今晚地震还是极有可能发生的，所以我必须留意地声。"他想着。

尽管走路还是摇摇晃晃，而一旦地震开始他还是想能跑就跑。只要自己能在这次地震中毫发无伤就彻底放心了。人的一生大概也就能遇到一次地震，这次若能万幸逃脱，就什么都不用担心了，接下来只要增强体质，注意不让自己生病，就能长命百岁。如果真能如他所想，那该多么畅快，真该拜谢苍天赐予自己这般幸运。反正总要遇上一回大地震，不如索性尽早将自己的命运交付出去，反而干脆利落。

无论如何，今晚的大地震他要赌上自己一生的运气。

不管结局好坏，命运都将在今晚给出定论。是短命的横死，还是幸运的长存，成败皆在于届时他所采取的举动。他真的很想巧妙而狡猾地闯过这次难关，不得不挖空心思绞尽脑汁，制定一套万全的避难策略，为此他竭力思考，哪怕思考过度会变成傻子，也决心做缜密的研究，慎之又慎，制定一个充分而确切的成熟方案，再沉着冷静地一举渡过此次天降的难关。

若这次大地震史无前例空前绝后，能将整个东京沉于深海，甚至引发世界末日，所有人都避无可避逃无可逃的话，还徒讲什么避难策略？若今晚地震的强度与安政地震不相上下，那首要问题就是，他现在居住的房子会整个倒塌吗？若不整个倒塌，会不会部分损毁？部分损毁的话又是哪一部分？全部倒塌或部分损毁的时候，会在转瞬之间轰地一下就倒塌吗？——这些都是很重要的问题。

按照安政地震的记录，当时江户的房屋并非一间不剩地全部倒塌。相反，倒塌房屋的数量要远远低于未倒塌房屋的数量，其余的房屋多是在火灾中被烧毁，而非在地震中被震塌。因地震而导致倒塌的房屋基本集中在本所、深川、浅草等地壳薄弱的下町地区，而占江户大部分面积的山手[1]

---

[1] 与下町相对应，指市区内的高地，在东京指四谷、青山、小石川、本乡等地。

一带的受灾相对而言并不严重。由此推断，房屋是否倒塌，原因不在于房屋本身的结实程度，更多是跟房屋所处位置的地壳薄弱程度有关。照此来看，他家位于东京山手地区的小石川，地势较高，十之八九没有倒塌的隐忧。若是有十足的把握不会倒塌，那就是绝对安全，没有必要特别担心。只要有一两成倒塌的可能性，他就会因为这微弱的可能性而倍感威胁。

一般而言，山手地区的地壳要比下町地区的更为稳固，这是毫无疑问的。但安政地震时下町地区受灾严重并不全是因为地壳薄弱，还因为当时下町靠近震源。也就是说，当时地震的中心位于现在的龟户站附近，只要今晚的地震震源不在当时的同一位置，山手地区与下町地区的受灾程度应该就不会呈现当时那么明显的差别；而如果震源不幸位于山手甚至刚好是小石川，他家的房子恐怕就要遭殃了。虽然这种情况出现的概率极小，但可以肯定的是，自己家的房子多多少少是要受损的。

此外，二层房屋的抗震能力显然不如普通平房，他家的房子虽然整体而言不算是二层房屋，但病房和北边走廊的正上方刚好盖了八叠[1]和四叠半的两间屋子，因此他家里

---

1 以计算榻榻米数量，表示房间面积大小的量词，1叠约为1.66平方米。

最危险的地方就是病房了——意识到这点，他不由得吓出一身冷汗，紧要关头，即便不能逃到多远，至少也要从这个病房里逃出去。

就算病房的二楼塌了，天花板也不可能整个垂直掉落，一定是弯弯曲曲、凹凸不平地掉，也就是说，在房梁松动的情况下，二层地板承重最大的部分肯定会最先掉落。那最危险的就是八叠房和四叠半房中间的那个位置了，因为那里放着一个结实的橡木书柜，里面塞满了西洋书籍，六尺[1]多高，五十多贯[2]重，柜门经常关不严，可想而知这柜子该有多重。毫无疑问，那里肯定最先塌。书柜的正下方是病房北边的走廊，天花板很可能向北斜塌下来，所以从病房逃出去的时候尽量不要靠近北边。

要避开病房北边逃出去的话只有两条路线，一是经由南边的庭院，二就是经由西边六叠大小的屋子。这间屋子是个平房，屋里刚好有个柜子可以用来避难，远比病房安全得多，就算塌也会塌得慢一点，那么唯一的问题就是这个平房与南边的庭院到底哪处更安全了。

前面说过，二楼天花板不会整个垂直塌下来。不仅天

---

1 长度单位，1尺约为30.3厘米。
2 重量单位，1贯约为3.75千克。

花板，二楼的房子整个塌的时候肯定会朝着东西南北其中一个方向塌，朝着正北或正东方向塌自是再好不过了，若是朝南朝西偏一点，就很有可能砸向庭院或平房，书柜在的天花板也会嘎吱嘎吱凹陷下去，首当其冲地塌下来。虽说书柜在北侧，但并不意味着整个二楼连带着房顶都会塌向北边。想来，整个二楼倒塌的方向并不由书柜的位置决定，而是由地震的方向决定，也就是说，如果地震由北及南，那房屋就会倒向南边，如果地震由东及西，房屋就会倒向西边，这是一般规律。

他家的房子东西长南北短，若地震是东西方向的话抗震能力还强一些，若是南北方向震动，房子说不定立马就塌了。二楼房屋倒向西边平房，说明地震是东西方向的，这种情况极为少见，即便如此，全塌应该还需要相当一段时间。相反，如果倒向南边的庭院，就说明地震是南北向的，这种情况下房子应该会毫不拖延立马倒塌，所以，从南边走廊直接跳往庭院方向是极其危险的。不管地震是东西向还是南北向，最好的办法都是先躲到西边的平房那儿，再移动到更加安全的避难场所。

都说地震时逃往户外太危险，但这种说法也不能一概予以肯定。待在仓库旁、护墙板前等等这些容易被砸到的地方自然是很危险的，但若能迅速远离这些地方，跑到空旷处就很安全了。安政地震时就是这样,那些早早逃离家中,到空旷十字路口去的人大都平安无事。当然,地面开裂的可能性也不是没有,但这种可能就跟大地沉到海底一样,到底是难以预防的灾难,那个时候在室内也必然不会更安全。他家位于地壳稳固的小石川,南边和西南边紧挨着一个宽敞的庭院,因此西边角落——不管怎么看,那儿都在房子倒塌波及的范围之外——应该是他家最安全也是最佳的避难场所。逃到西边的平房避难只是权宜之计,还不能完全摆脱危机,只有想方设法逃到庭院的西边角落才能顺利脱离险境。

西边平房的南边也有走廊,从这儿直接过到庭院的话问题不大,但这样又会有新的担忧,因为西边平房往南边走廊的方向倒塌的话,他仍然处于地震波及的范围,岂不是要被房屋压倒在地?更何况他还拖着病弱之躯,行动迟缓,种种原因让他的担忧越来越多。从西边平房直接跑到庭院这条路是走不通了,最好能从西边平房跑到一个更安全的房间,再慢慢寻找机会,确定没有被压倒的危险之后,再慢悠悠地溜到庭院去……

不知为何,这时他突然睁开双眼,意识依然模模糊糊,好像并没有真正清醒过来。他想起自己之前一直闭着眼睛思考避难对策,只要一睁开眼,想法似乎就能立刻复活,最终孕育一个成形的梦。

铛铛铛,十点的钟声响起,在昏暗阴郁的灯光下,妻儿正安稳地睡在他的病榻边。

"啊。已经半夜了,天地异变将要开始,必须抓紧时间继续研究,务必赶在地震来临之前得出结论。"他匆忙地重新陷入思考。

虽说是半夜,但四下门窗关得严严实实,就算想出去也很难轻易做到,特地叫醒妻子让她立马打开门窗的话也显得自己太过反常、太过懦弱……

门窗什么的都是小问题,没时间纠结于这种小事了,得赶紧回到之前的问题尽早做出结论才行,再磨蹭下去就来不及了。紧急!非常紧急!

如果房子往东西方向倒塌的可能性低,往南北方向倒塌的可能性就高,那他从平房出去以后就只能沿东西方向逃跑。主屋西边刚好有一间不过二坪[1]大小的浴室,是间非常简易的平房,地面是结实的水泥地,应该是最晚倒塌的部分。他先从西边平房冲到这间浴室,然后像第欧根尼[2]那

---

[1] 面积单位,1坪约为3.3平方米。
[2] 古希腊哲学家,犬儒学派代表人物,强调禁欲主义的自我满足,鼓励放弃舒适环境。据说第欧根尼住在一个木桶里,所有财产包括这个木桶、一件斗篷、一只棍子和一个面包袋。

样藏身于浴桶之中，盖上盖子静静等待。这样一来即使浴室塌了，也能保全自身……浴室南边和西边各有一个出口，都通向庭院，那么……

就在差点能得出结论的时候，远方突然传来声响，像烧水壶沸腾时发出的声音。

"啊！这么不走运！就差一点了，还是听到了地声……没关系，离地震肯定还有一些时间，我就趁着这点时间一鼓作气想出结论。"

就在他思考的瞬间，声音好像更加接近了，轰隆隆地从地底传来，像在宣告世界末日的到来一般。

"……南边和西边有出口！两个出口都通向庭院，那么……啊！神啊！在我得出结论之前，求您让地震不要到来！"

他双手合十地喃喃自语，然后接着往下思考——两个出口都通向庭院，根据东西方向逃跑的原则，就应该避开南出口，拆掉西出口的门窗逃向庭院，直奔西边的角落。已经躲进了浴室的他，即便这时候浴室塌了也不怕，只要尽量保持冷静，等待时机成熟再逃跑就好。逃跑的时候即使身体不便步履蹒跚，也尽量不要四肢着地匍匐前行，因为会加大触地面积，紧急时刻无法从容起身躲避，最好能扶着柱子或树木步行直走……

"好！结论已出方案已定，地声越来越大，刻不容缓，我得马上执行计划，现在准备一定没问题，肯定能逃到庭院去。"

但是，就在他掀开被子准备起身的瞬间，突然剧烈的震动夹杂着一阵喧嚣声向他袭来，这动静比明治二十六年七月的那场地震要强烈十倍、二十倍。一眨眼的功夫，居室的地板竟像汽车一样朝一方疾驰而出……

他愕然睁开双眼，屋内一如往常，灯光朦朦胧胧静静地照射着，妻子安稳地睡在一旁。

"为什么我总做些奇奇怪怪的梦呢？这次我真的醒过来了吗？让我醒过来吧，让我尽早逃离这团妄想的迷雾吧！"

他使劲眨了眨双眼，想要努力振作起来，幸好，意识渐渐清醒。这是真的要清醒过来了吧，因为许久没有感觉到的牙痛又开始哔哩哔哩地响彻脑海……

大正五年[1]十月作

1　1916年。

白昼鬼语

那位总自称有精神病遗传因子的园村，是个多么反复无常、离经叛道、任意妄为的人，我老早就知道了。虽然做好了心理准备同他打交道，但那天早晨他打来的电话还是吓到我了。园村绝对是疯了。这是一年中精神病患者最易发病的季节——这沉闷的六月里青叶蒸腾的暑气，让他的大脑发生了异变，不然他怎会打那样的电话呢？我心里猜想着。不，岂止是猜想，我几乎深信不疑。

电话打来的时候，大约是早上十点。

"啊！是高桥君吧。"

听到我声音的那一刻，园村异常兴奋，像要扑到我身上似的。

"不好意思！能不能马上到我这儿一趟？今天必须给

你看样东西。"

"难得你邀请，可我今天实在过不去。杂志社要我写的小说，今天下午两点前就要交稿，为了赶稿，我已经从昨晚通宵到现在了。"

我的回答并非推托。从昨晚到现在，我确实一宿未睡不停地写。窝火的是，这个悠哉的园村太任意妄为了，自己是闲得发慌的公子哥儿，完全不考虑我的时间，说给看样东西，就让人马上过去，简直让人火大。

"这样啊，那不用马上过来，下午两点你交稿之后，十万火急地给我赶过来，我等你到三点。"

我被他说得越来越生气。

"今天不行。刚说了我从昨晚通宵到现在，很累了。交稿以后我要洗个澡睡一觉，我不知道你到底要给我看什么，明天再看不行吗？"

"可过了今天就看不到了。你要是不去，我只好自己去了。"

说着说着，园村突然压低了声音，像喃喃细语一般。

"……其实啊，这是一个大秘密，不能跟任何人说。今天午夜一点左右在东京的某条巷子里要发生一起犯罪……是杀人事件。现在开始我得准备准备，然后和你一起去看个究竟。怎么样，陪我一起去吗？"

"什么？发生什么？"

我怀疑自己是不是听错了，忍不住又问一遍。

"杀人……Murder，杀人。"

"你怎么知道？谁杀谁？"

我不自觉地大声喊了出来，而后吓得赶紧看了下周围，好在家里人没怎么听到。

"你、你那么大声做什么！我不清楚谁杀谁，具体情况也不好在电话里说，我是出于某个原因察觉到今晚在某个地方某人会杀某人。当然，这起谋杀和我一点关系都没有，所以我没有提防的责任和举报的义务，我只想瞒过犯罪当事人的双眼，悄悄窥看现场而已。你要是跟我一起去的话多少能给我壮胆，即便对你而言，这也比写小说有趣多了，不是吗？"

园村的语调又莫名地沉着、冷静了下来。

然而，他越是沉着冷静，我就越怀疑他的精神状态。

听着他滔滔不绝的述说，我的内心波涛汹涌、心惊胆战。

"这种荒唐的事你居然当真，疯了吧你！"

我几乎没有勇气这样反问园村，只是在心里，一味担心、恐惧，甚至惊慌，害怕他是不是疯了。

一直挥霍着大把金钱和时间的园村，每天都过得很颓废。最近他不再满足于普通的兴趣爱好，而沉溺于荒诞无稽的电影[1]和侦探小说中，日复一日地做些不着边际的幻想，终于招致今日的疯狂。一想到这儿，我不禁毛骨悚然。除我之外，园村再没有像样的朋友，也没有父母妻儿，坐拥数万资产却孤独度日的他，一旦发了疯，除我之外再不会有人去照顾他。不管怎样，我决定暂且不去煽动他的情绪，等工作结束了就马上去看他。

"这样啊，我与你一同前去，一定要等我。我两点写完稿子，大概三点到你那儿，可能会迟到半个小时或一个小时，一定要等我到了再出发。"

比起别的，我最害怕他独自一人出发。

"听到没有，我最晚四点肯定到了。你就待在家里等我。说定了喔。"

我反复叮嘱着，在得到了他的答复后，才挂了电话。

可是，老实说——挂了电话以后直到下午两点，我看上去像是对着桌上的稿件绞尽脑汁，可实际上脑子却被搅得一团糟，注意力全然不在稿子上。我敷衍了事般疯狂地走笔，却不知自己到底写了什么。

去探望一个疯子。作为园村唯一的朋友，这当然是我

---

1 文中的电影都是指日本明治、大正时期的默片电影，一般放映荒唐无稽的时代剧和戏剧。

的义务，但我实在提不起劲儿来。首先，我自己都算不上那种精神十分健全、有资格探望园村的人。我还真不愧是他的好朋友，每年到了新绿时分，我便会患上严重的神经衰弱，今年也不例外，甚至已经显出几分患病的端倪，若这时再出门探望疯子，说不定这疯病不知什么时候就传染到自己身上了，那岂不是得不偿失？就算园村口口声声说的那起杀人事件真的发生了——当然不可能这么荒唐——说到底，我也没有好奇心和勇气同他一起去现场。目击杀人现场这种事，我想我会比园村先疯掉吧。所以，我完完全全是出于朋友道义，才勉为其难地去探望他，关心他的病情。仅此而已。

稿子写完的时候，正好是下午两点过十分。要在平时，通宵赶稿的疲倦能让我至少贪睡到黄昏时分，可今天，离四点约定的时间很近了，加上大脑的兴奋让我毫无睡意，我喝了一杯葡萄酒让自己打起精神来，裹上今年第一次穿的蓝色呢绒夏装，从白山上车站附近搭上了驶往三田方向的电车，园村家就在芝公园的山中。

过了一会儿，电车开动了。坐在车上的我连同我的思绪，都被电车晃来晃去，飘到恐怖且不可思议的远方：方才园村在电话里说的话，不见得全是假的。今晚在市区的某个地方会发生杀人事件，也许于园村而言，是完全可预料的。

说不定他是为了证明自己预料之准确，所以才一定要带我一同前去犯罪现场——也就是说，园村今晚，在某个地方，要将我，这个身为他挚友的我，亲手杀死吗？以"让你见识见识什么叫杀人！"为由邀我外出，再亲手以我的生命为代价上演一部精彩绝伦的杀人戏码？——离奇也好，滑稽也罢，这绝不仅仅是我毫无根据的臆想。当然，我不记得自己曾做过什么要成为此类残酷恶作剧的牺牲品的事。我既没有招过园村的怨恨，也从未被他误解过，以常识推断，他丝毫没有要置我于死地的道理。但要是他疯了呢？谁能说我是异想天开？终日沉溺于荒唐无稽的侦探小说和犯罪小说且精神错乱的人，突然想杀自己的挚友，谁能说不可能呢，怎么就不可能呢？没准这就是最有可能发生的事。

再过一会儿便要下车了，我的额头满是黏腻的冷汗，心脏的血液也暂时停止流动一般。然而这次，一种新的恐惧如海啸般向我袭来。

"我整天为这般琐事臆想纠结，莫不是也疯了？就刚才接电话的一小会儿工夫，园村的疯病就传染给我了？"

现在的担心，比方才的臆想似乎更接近事实，也更让我恐惧。无论如何，我都不愿自己是个疯子，于是努力抹掉脑中的各种臆想。

"我是怎么了？为什么要把这种蠢事放在心上？园村

明明说了他和今晚的犯罪毫无瓜葛，也说了他不清楚杀手是谁，又是谁将被杀。他只是出于某种原因嗅出了一丝杀人气息。这么看来，他绝不会杀我。果然还是他疯了，把幻想当成了现实，要和我去看什么杀人现场，这么解释似乎说得过去。我刚才究竟为什么认为他要杀我呢？真是愚蠢。"我在心里如此暗暗嘟囔，嘲笑自己的神经质。

即便如此，从御成门站下车，在去园村家的路上，我仍然下不了去见他的决心。就这样经过园村家门而不入，在增上寺的三门[1]和大门[2]之间，徘徊了两三趟，犹豫再三，最后想，管他呢！破罐子破摔呗。这样嘀咕着，开始往园村家走。

华丽的西式建筑！刚打开那扇装饰奢华的书房大门，我就看见园村在屋里不安地来回走动着。此刻他正焦急地望着暖炉架上的座钟，时间刚好四点整。园村身穿合身的西服，让人看着很舒服：上身是很有风度的黑色上衣，下面搭配了一条素雅的竖条纹裤子，白色缎子领带上有绿色丝线绣着的图案，上面别着亚历山大变石的别针。看来他

---

1 即三解脱门。寺院外门常有三门并立，象征"三门解脱"，即空门、无相门、无愿门。
2 增上寺旧总门，后捐献给东京府。

已经做好出发的准备了。向来嗜好宝石的园村，其如精雕细琢般的纤长手指上，戴着镶嵌珍珠和海蓝色宝石的戒指，闪烁出灿烂夺目的光芒，胸前的金锁上，宛若昆虫眼睛的土耳其宝石在微微晃动着。

"刚好四点，真准时啊。"

说着，他朝我转了过来。我观察着他的脸，尤其是瞳孔部分，他的瞳孔和往常一样带着病态的光辉，并没有异样的激动和狂暴。我稍稍安下心来，坐在角落的安乐椅上。

"你之前说的，是真的吗？"

我一边说着，一边故作镇定地吸着烟。

"是真的，我有证据。"

他依旧来回走着，确信无疑般回答我。

"好了，你也不要在房间里走来走去了，坐下来和我慢慢说，不是说今晚半夜才杀人么，现在还早，不用急。"

我做出不逆他意的样子，试图让他镇定下来。

"虽然证据我是有的，但还需要弄清杀人地点。所以趁天没黑，得赶紧找到地方。虽说不是什么危险的事，但不好意思了，现在就出发吧！"

"可以，我正是为此而来，陪你一块儿去没问题，但是连地点都没有弄清楚，这样过去不是无头苍蝇瞎撞吗？"

"不，我知道大致方向。据我推断，犯罪现场一定在向岛附近。"

说完,他因掌握了证据而喜形于色,浑然不像素日阴郁、不畅快的那个人。他愈发兴奋地来回走动,意气风发地应答着。

"向岛?你怎么知道在那儿?"

"待会儿再和你说明原因。不管怎样我们先出发。目睹杀人现场这种机会,可不是说有就有的,错过了可就什么都没有了。"

"既然知道了地方,就更不用着急了。搭的士到向岛三十分钟足矣。而且这季节正好昼长夜短,离天黑还有两三个钟头呢,在出发前和我解释一下吧,我这样没头没尾地同你前去,岂不是只有你自己乐在其中,而我却一头雾水?"

我这番理论好像说动了精神不正常的园村,只见他默默地点了两三下头:

"那我就简单说一下……"

他一边应着,眼睛依旧不离开座钟,一边极不情愿地在我对面坐了下来,然后在自己的上衣内口袋里翻了一下,掏出一张满是褶皱的纸片,把它摊开在大理石材质的茶桌上。

"证据就是这张纸片。这是我前天晚上在一个神奇的地方得到的,你看看这上面写的字,想必也猜到些什么吧。"

园村卖着关子,露出一种异样的、令人毛骨悚然的冷笑,向上翻着眼珠,紧紧地盯着我看。

纸上用铅笔写着一些类似数学公式的符号,还夹杂着数字——6*;48*634;‡1;48†85;4‡12？††45……像这样连续罗列了两三行,我当然猜不出是什么,我压根儿就不知道这是什么。原先还对园村的精神状态持半信半疑的态度,现在看来,他不知从哪儿捡来一张破纸,硬说是犯罪的证据,我对他真是既同情又担心,看来园村发疯这事儿,板上钉钉的了。

"你说吧,这是什么意思？我猜不着,难道你懂这堆鬼画符？"

我脸色发白,声音颤抖地问他。

"亏你还是文学家呢,真没文化。"

他突然身体向后仰,放声大笑,接着得意扬扬自恃博学般地继续说着:

"……你看过爱伦·坡的著名短篇小说 *The Gold-Bug* 吗？如果读过的话不可能猜不出这些符号的意思。"

我正好只读过坡的两三篇小说,虽然听说过他有篇名为《金甲虫》的小说很有意思,但里面的故事情节我是一概不知。

"如果没读过这篇小说,也难怪你不懂这串符号的意思。小说讲的是这么一个故事——从前有一个叫 Kidd 的海盗,他在美洲大陆南卡罗来纳州的某个地方,埋藏了自己掠夺来的金银珠宝,之后为了提示这个埋藏地,他留下了一些暗号文字。后来,一位居住在苏里文岛名为威廉·勒格朗的男子,偶然得到了这份记录,他绞尽脑汁解读这些暗号,最终成功找到并发掘了埋藏的宝物——就是这么个故事。小说的精彩之处莫过于勒格朗解读暗号文字的过程,描写得极为详尽。因此,我前天拿到这张纸片的时候,就发现它很明显用的是海盗的暗号文字,一看到它被人丢到什么地方,我就忍不住去想里面究竟隐藏着怎样的犯罪或阴谋,所以特意捡了回来。"

我没读过《金甲虫》,为无从判断他的话到底几分真几分假而感到遗憾,又不得不佩服他的博闻强记。

"嗯,越来越有趣了,那么你说说,纸片到底从哪儿捡来的?"

此刻的我,像母亲倾听孩子天马行空的畅想一般,鼓励他继续往下说,寻思着越是博学的人发起疯来才越是能吓唬到没文化的人。我倒要看看他还能编出什么牛头不对马嘴的话来。

"说起纸片的来头,是这样的——前天晚上正好七点,像往常一样，我一个人在浅草公园的俱乐部晃悠，想找个特等座看电影。你知道的，那儿的特等座，前两三排都是情侣席，之后才是男子席。那天确切地说是星期六晚上，入场时连二楼都基本满座，我好不容易在最前面的男子席里找到一个空位，是里头的位子，我挤进去坐了下来。换句话说，我坐的地方正好是情侣席和男子席的交界处，前面坐着很多男男女女。最开始，我没怎么在意其他人，但才过一会儿，在我的眼皮底下就发生了一件怪事，让我顾不上看电影了。我前面的情侣座不知什么时候坐了三个人，毕竟场内拥挤全无立锥之地，特等席上还有不少人是站着看电影的，像筑了一道人墙，这让我的周围越发昏暗了……

"……因此，我看不清那三个人的长相和表情，但从背影可以判断，他们中有一个束发的夫人，另外两个是男子。从夫人浓密得让人冒汗的发量可以推测她应当是个相当年轻的女子，而那两名男子，一个梳着中分，头发油光发亮，另一个则是干净利落的平头，三个人坐的顺序分别是，最右边的是束发的女子，中间是中分男子，左边是平头男子。由此可以想象，右边女子应当是中间男子的夫人或情妇，总之他们关系应该比较密切，而左边的平头男应该是中间男子的朋友或者其他什么关系的人吧——我这么想理所当然吧？在这种场合，如果女子和两名男子的关系是同等的，她一定会坐在他俩之间,若不然,和她关系比较密切的男子一定坐在她和另外一名男子中间……你说呢?你也是这么想的吧?"

"嗯,确实,没错。看来你相当在意这名女子和其他人的关系啊。"明摆着的常识,园村却用侦探般的口吻扬扬得意地娓娓道来,真让我哭笑不得。

"不,这层关系对我接下来要说的话意义重大。我刚刚说的怪事,就是这名女子和最左边的平头男背着中间的男子,在椅子背后握手,打奇怪的手势。最开始,女子在平头男的手背上用手指写着什么,然后平头男又在女子手上写些类似回复的话,两人长时间重复这些动作……"

"哈哈,这么说来,这两人背着中间的男子在私定幽会喽,这不也很常见吗,有什么好稀奇的?"

"……无论如何我都想知道他们写了什么,就一直盯着他们的手指看……"

园村像没有听到我的讽刺一般,依旧自顾自津津有味地说着。

"……他们的手指,毫无疑问写的是极简单的文字,我很容易就看出他们用的是片假名,坐在正中间的男子恰巧坐在我的正前方,左右是平头男和那女子,他们做的事就发生在我眼皮底下。我发现他们用的是片假名之后,女子又开始在平头男手上徐徐滑动手指,我贪婪地看着她手指的轨迹,读到的句子是:'药不行,用绳子。'[1]平头男似乎一直没有领会女子的话,于是她又认真写了两三遍,男子才恍然大悟,一会儿他又在女子手上写道:'什么时候?''这两三天。'女子回复……这时中间的男子突然身体稍稍后仰,两人便慌忙缩回手,摆出一副若无其事的样子,专心地看电影。很遗憾,他们的秘密对话,就此告一段落。但是,'药不行,用绳子'这几个字像是在暗示着什么。'什么时候?''这两三天。'单看这两句话,可以推断他们在商量下次见面,可药、绳子这些和约会没有关系吧,女子明显在和男子商量可怕的犯罪。'比起毒药还是用绳子更好……'这应该是她给男子的指示。"

园村的这套说明,若是我不清楚他精神状态的话定会当真,他的思路是那么清晰有条理,连我也差点稀里糊涂地上了当,以为真就如此了。但仔细想想,虽然周围昏暗,但电影院毕竟人多,用片假名讨论杀人计划,谁会做这种蠢事呢?是园村自己陷入幻觉,把女子写的正当内容按照自己的幻想去理解了吧?我真想马上打破他愚蠢的幻想,

---

[1] 原文用片假名写的是"クスリハイケヌ、ヒモガイイ"这十二个文字。

却又好奇他的疯癫究竟发展到什么地步了,于是故作老实默不作声。

"……这样一来,我反而觉得越来越有趣了,愈发想知道他们说了些什么,他们的犯罪又在什么时候、在什么地方进行。只要知道这个我就过去偷看,好奇心油然而生。过了一会儿,两人再次将手伸到椅子背后,慢慢向中间伸去。这次女子的手中抓着一团纸,悄悄递给男子之后,两人的手又各自缩了回来。我清楚地看着这一切,你无法想象我多么渴望知道纸条上的内容——平头男拿到纸团后,大概是为了读纸条上的内容,便假装要去厕所,起身离开座位,五分钟之后便回来了,他将那纸条咕唧咕唧地嚼在嘴里,之后像丢鼻涕纸一样随意将其丢在椅子后面,也就是我的脚下,我悄悄地用鞋子踩住那纸条。"

"这平头男也太大胆了吧。不是去了厕所吗,扔在厕所不是更好?"我半是嘲讽地说道。

"关于这点我也觉得奇怪,可能是忘记扔在厕所里了吧,突然想起来就随便扔了,况且这纸条上全是暗号,他可能觉得扔哪儿都无所谓。他哪里想得到解读暗号的人就近在眼前呢!"园村说着不禁笑逐颜开。

正好时针指向五点。幸好园村讲得正在兴头上,一点都没有留意时间。

"……我想着等电影结束,场内明亮起来以后,再仔细瞧瞧这三个人的容貌,可是却没有机会了。平头男扔掉纸团以后,女子便故意叹了口气,催促中间的男子说:'真无聊,我们出去吧。'女子的声音嗲声嗲气、任性矫情。她这么一说,平头男也跟着说:'是啊,这电影多没意思,走吧!'像在附和着女子般回应。在两人的催促下,中间的男子极不情愿地离开了座位,三个人就这么走了。看这前后情形,我估摸着那两人从一开始就没有打算看电影,只不过想借着电影院昏暗和人多混杂来互通消息,但幸好他们提前离场了,我才能轻轻松松地捡起这张纸片看里面的内容。"

"那纸片上写的暗号文字是什么意思呢?说来听听?"

"如果你读过爱伦·坡的小说就一点儿都不难理解了,这里的无论数字还是符号,都表示 26 个字母。比如说数字 5 代表 a,2 代表 b,3 代表 g,然后符号 † 代表 d,* 可以代表 n,;代表 t,?代表 u。所以,将纸片上的一连串暗号用 ABC 来改写,再适当地进行断句的话,一串奇妙的英文就出来了——

in the night of the Death of Buddha, at the time of the Death of Diana, there is a scale in the north of Neptune, where it must be committed by our hands.

"怎么样，成一段文章了吧？这篇文章中的 w 字母在坡的小说中是没有的，所以他们将 w 换成了 v，为了让你容易理解，我擅自改成了大写字母 D、B、N，本来是没有大写字母的，然后再将这段英文翻译过来就是——

　　佛陀灭度之夜，狄安娜逝去之时，有片鳞于涅普顿以北，彼处，其必经你我双手执行。

"乍看一头雾水，完全不知道写的什么，但仔细推敲的话就能读懂其中的奥秘。'佛陀灭度之夜'应该是指六曜佛灭日[1]的晚上，而这个月里符合佛灭日的日子有四五天，根据前天晚上那女子写'这两三天'，我们可以推断这里的佛陀灭度之夜是指今天晚上。然后下一句'狄安娜逝去之时'，狄安娜大概是月亮女神，因此应该是指月落之时，今晚月没时间是夜半凌晨一点三十六分，就是在这个时间，

---

1 日本的黄历按顺序分成六个日子——先胜、友引、先负、佛灭、大安、赤口，循环往复，是为"六曜"。佛灭日是日本的六曜之一，是指当日行诸事皆不吉佛圆寂之大凶日的意思。

他们要进行犯罪。然后，麻烦的是下一句，'有片鳞于涅普顿以北'，这很明显是指地点，要是解不开这句就不能目睹杀人现场了……

"涅普顿这个名词，实在超出我们的想象，应该是他们之间的暗语，心里实在没底。前面的佛陀啊狄安娜啊不难理解，涅普顿，一定和海神或者海王星有关，应该是和海水有渊源的地方。我突然想到向岛的水神，你也知道，那附近很冷清，用来作犯罪地点再合适不过了。'有片鳞于涅普顿以北'——从这句看来，犯罪地点若不是水神祠，就是八百松建筑物以北、作有△状鳞形标志的屋子，说是'水神以北'地点过于笼统，所以我觉得这个记号应当是很容易辨认的。'彼处，其必经你我双手执行'——这里的'其'不用说定是指杀人犯罪，'执行'——应当是 must be committed 中的 commit 这个字眼，看来这明摆着就是一桩蓄谋杀人事件。'必经你我双手'应该就是指那个女子和平头男联手作案，对照那天那句'药不行，用绳子'，谜底越发清晰明了了，甚至确凿无疑。很遗憾，内容中并没有提及犯罪的牺牲者是谁，但从那晚的情况推断，估计是三人里坐中间的那名头发油光发亮的中分男子。不过谁是这牺牲者，这并不是我们的问题。我们只要解开谜底，弄清时间地点，暗地偷看他们的罪行就够了。所以现在要做的是到向岛水神祠附近寻找鳞形记号——来吧！都说到这份儿上了，你应该明白这次的事有多史无前例、多有趣了吧！所以你想啊，对我们而言，剩下的时间多么宝贵，刚刚为了跟你解释已经浪费了宝贵的一个半小时……"

确实，时钟已经指向五点半了。六月上旬漫长的白昼还没有谢幕的迹象，洋楼外犹如室内般敞亮。

"时间浪费了就浪费了呗，托你的福听到了这么有趣的故事，倒是你，为什么不用前天到今天的空闲时间事先找到那个鳞形记号呢？"

我嘴上这么说，心里却在纠结当下要如何应对园村，此刻开始感受到那暂时被我忘却的通宵的倦意，如果可以，我真想拒绝园村让我陪同的请求。一想到自己接下来要特意去趟向岛，给一个"侦探"做毫无头绪的助手，真觉得荒谬至极，可是让他一个人去，我更不放心。

"嗯，还用你说吗，昨天早上开始我花了整整一天把水神祠一带都寻遍了，就是没找到鳞形记号。看来，不到行凶当天，凶手是不会做标记的，所以那女子今天应该会在犯罪地点附近做上记号。不过昨天我已经物色了两三处可作为犯罪现场的地方，所以估计今天不用大费周章就能找到。但不管怎么说，天黑不方便，我们最好现在就出发。来，起来，快点。以防万一，你再拿上这个。"

说着,园村从桌子抽屉中取出一把手枪递给我。

看他如此热衷着迷,就算我阻止他,他也断不会死心的。既然如此,为了打破他不切实际的妄想,索性陪他去一趟向岛,向他证明:即便是今天你也找不到鳞形的记号!这样一来,就算再怎么疯狂,园村也应该醒悟所有一切不过是他的幻觉。于是,我顺从地接过手枪,说道:

"好了,差不多了,出发吧!夏洛克·福尔摩斯、华生组合。"

说完兴致勃勃地站了起来。

从御成门旁开车驶向向岛,一路上园村的大脑依旧被妄想支配着。呢帽的帽檐低低地遮住眼睛,他交叉着双腕,一副沉思的模样,下一秒突然兴奋起来:

"……今晚答案就要揭晓了,你觉得行凶者会是哪种类型的人?哪个阶级群体?那天晚上要是看清楚他们的服饰就好了,但漆黑一片真的什么都看不清嘛。不管怎么说,会用爱伦·坡小说中的暗号文字,这一男一女肯定不是什么无知的家伙,不,应该相当博学才对……喂,你也这么觉得吧?"

"嗯,应该是吧。说不定是上流社会的人呢。"

"不过,从另一方面考虑的话,倒也不像上流社会的人,反而有可能是以抢劫和杀人为常的大规模犯罪组织的成员,不然不可能用那些暗号。那些暗号相当麻烦，像我这种外行人，还要一个字一个字地对照爱伦·坡的原文才看得懂，但之前那个平头男在厕所只花了短短五六分钟就读懂了，看来，他们应当是长年使用这些暗号，像我们读 ABC 那样熟悉暗号，说不定已经用这些暗号干了不知多少勾当……那么，看来他们还不是一般的坏人呢。"

我们的车开过了日比谷公园，极快地驶过马场大门外的护城河畔。

"不过嘛，虽然不知道他们是什么人，但这对我们来说倒更有意思了。"

园村接着说。

"……我起初以为他们的犯罪动机是出于恋爱关系，但如果他们是可怕的杀人惯犯，就很难说这里除了恋爱关系以外没有其他动机。管他什么动机，我只知道，今晚午夜一点三十六分，在向岛水神祠以北，会有人被另外两个人用绳子勒死，单凭这点就足够挑起我的好奇心了……"

这时，车子已经开出了丸之内，向浅草桥方向飞快地驶去。

过了三个小时，大约是晚上八点半，我载着园村往芝公园的方向返回。一路上，园村阴郁得可怜，默默低着头，耷拉着脑袋。

"……唉，我看果然还是你哪里想错了吧。想必是你之前过于兴奋了，尽量给我冷静一点吧，明天我们再去哪儿放松一下，怎么样？"我尝试开导他。

实际上，那天黄昏时分，我一直被园村拉着开车到处绕，从六点到八点多，在水神祠附近一圈儿一圈儿地找，果然没发现什么鳞形记号，可园村固执得要命，一副找不到就不回家的样子，我好说歹说，他才放弃了搜索。

"我最近怎么了，真的不对劲儿，也许你说的对，我是有点疯了……"

园村此刻的声音消沉极了，像在呻吟一般。

"……可是太奇怪了，为什么没有记号呢，不可能的……就算我是神经衰弱，但前天发生的事情总不会有假吧。如果真是哪里出错的话，应该是解读暗号，或者解读那串英文的时候出了错。不管怎么说，我先回家从头想一遍。"

看来他还是没抛开他的臆想，我又生气又好笑。

"重新想一遍也好，不过你不觉得为这种问题绞尽脑汁很无趣吗？就算你所想是真的，有必要大费周章追查到底吗？反正我从昨晚到现在都没睡过觉，很累，就先和你告别了，回家睡觉去。你也适可而止，早点睡的好，明早一起去哪里放松下，我来找你之前你千万别一个人乱跑了。"

我一直这么陪着他也不是个办法，就在浅草桥那儿下了车，坐上了驶向九段的电车。像着了魔一般，我一时间竟有些失望。在向岛的三个小时里，园村拼命寻找鳞形记号，我没有吃上一口饭，这时才开始觉得肚子空空如也。然而就在神保町换乘了驶向巢鸭方向的电车时，饥饿感却因汹涌而来的睡意消失了。我就这样回到了小石川的家中，一碰到床就昏死般沉沉地睡了过去。

不知睡了多久，迷迷糊糊在梦中听见了"咚咚咚"的敲门声，还听见"嘟嘟嘟"的汽车喇叭声。

"亲爱的，好像有人在敲门，这么晚了是谁呢？好像是开着车过来的。"

妻子边说边叫醒我。

"啊，又来了！唉，一定是园村那小子。他最近有点不正常，真是头疼。"

我无可奈何地揉了揉惺忪的睡眼，起身走到门口。

"高桥，高桥，我跟你说，我找到地方了，过来接你！原来'涅普顿'不是水神祠，而是水天宫！之前弄错了，后来好不容易在水天宫北侧的新路上找到了鳞形记号。"

我刚把门打开一条缝，园村就冲进门，凑到我耳边悄悄地说。

"这样,我们重新出发,现在是十二点五十分,剩下四十六分钟。我本来想一个人去的,但因为和你有约定,才特意跑来喊你。快,这次真的十万火急,准备一下我们就出发,快快快。"

"终于找到了啊。可都十二点五十分了,现在去能不能看到也是一个问题啊。万一不小心被那两个杀手发现,岂不是很危险?别去了吧!"

"不,我不会放弃的。就算看不到杀人,至少也要蹲在门口听听那个被绞死者的呻吟。我之前去看的时候,那个标记着鳞形记号的地方是一幢小平房,只有两开间大小,非常狭窄。加上又是夏天,纸拉窗啊纸拉门啊都拆了,就挂着一两块苇帘。而且你知道吗?后门有一个很大的凸窗,那儿的挡雨板上基本都是节孔和缝隙,蹲在那儿一定看得到屋内的场景,是不是天时地利全齐了?——快,废话都说了十分钟了。现在刚好一点,去,还是不去,爽快点,你不想去的话我就自己去。"

谁会在那种地方杀人?我心里琢磨着。但事出突然,我又不能让他一个人去,虽然非常为难,最终还是不得不陪他去。

"去。在这儿等我,我准备一下马上来。"

我回到屋里,急忙把衣服换了。

"怎么了,亲爱的,这么晚还要去哪里?"

妻子不禁瞪大眼睛问我。

"之前没来得及跟你说,园村这家伙两三天前就疯了,尽说些莫名其妙的话,真不知道拿他怎么办,今晚我们要去人形町水天宫附近看别人杀人。"

"讨厌,三更半夜说这些瘆人的话。"

"那我半夜被敲门叫醒不是更难受么?但如果撒下他不管,又怕他捅出什么娄子,无论如何还是先哄着他然后把他送回家。简直没完没了。"

我和妻子作了一番解释之后,便和园村又坐回车上。

深夜的街道万籁俱寂。汽车从白山上笔直开去高等学校,之后又在本乡大道电车道的石板上疾驰,我突然有种恍若梦中的感觉。

入梅前初夏的天空,半边被昏暗的雨云包裹着,阴阴沉沉。困倦的星辰在另一半天空上一闪一闪地眨巴着眼睛。

"还有十七分钟!只剩十七分钟了!"

路过松住町的停车场时,园村用手电筒照着手表喊道。

"还有十二分钟!"

他再次叫起来,汽车也犹如他的脑袋一般,疯狂地来了个急转弯,从和泉桥的拐弯处转向了人形町大道。

为了避开警察局，我们故意把车扔在灶河岸附近，从那儿再曲曲折折地绕了很多小道。因为不熟悉周边地理情况，我只好飞快地跟着园村的步伐，在漆黑又狭窄的小道上兜兜转转，完全不知自己身在何处了。

"喂！快到了，脚步放轻点！就在那儿！离这儿还有五六间房子。"

默默赶路的园村悄悄在我耳边低声细语着。这时，我们停在了邋遢脏乱的两排杂院中间，一条脚下是脏水沟，上面用盖板盖住的小巷子里。

"哪儿？哪一家？哪儿有鳞形记号？"

园村没有回答我。他紧紧地盯着手表看，突然用低沉而沙哑的声音用力说道：

"完了！"

"完了！彻底完了！时间过了两分钟，已经三十八分了。"

"好啦，记号在哪儿？快告诉我记号在哪儿？"

我看他如此着迷，想着至少有个类似鳞形记号的东西在这附近吧，便一直追问他。

"先别管什么记号了，晚点再慢慢告诉你，别磨蹭了，快到这边来。这边这边。"

他不由分说地用力抓住我的肩膀，将我拽进右侧平屋与平屋之间的夹道里。夹道狭仄得可怕，勉强够一个人进去，我还看到那里好像堆放着垃圾箱之类的东西，黑暗中一股各种污物混合发酵的恶心气味冲进我的鼻子，紧接着蜘蛛网缠在我的耳朵旁，发出网被拉破似的"呼呼呼"的声音，先我五六步进去的园村，不知什么时候已经蹲在那头，屏气凝神地把脸贴着一块挡雨板的节孔和缝隙上。

　　夹道右侧钉着一面壁板，而左侧——就是园村现在脸贴着的地方，果真如他所说，有一面大大的凸窗，挂着一块满是节孔和缝隙的防雨挡板，屋子里的光线隐隐约约地从那儿透出来，从光线的强度想象得到屋子里被明亮而炫目的灯光照得通亮，我不自觉地走过去，和园村并肩蹲着，然后把眼睛凑到了一个节孔上。

　　节孔刚好可以放进大拇指。我的眼睛才适应了户外的黑暗，从节孔窥看室内的瞬间，又因为灯光太过强烈，恍如暂时失明，只模糊地捕捉到眼前两三个闪烁不定的影子。我可以感觉到蹲在身旁的园村那激烈的呼吸声，一片死寂的夜色中，他的手表嘀嗒嘀嗒地响着，犹如兴奋忐忑的悸动一般敲击着我。

　　一两分钟后，我的视力慢慢恢复了过来。首先映入眼帘的是一根笔直伸展着的、像白柱子一般的东西。过了几秒，我才意识到那是一名女子美丽发际之下延伸的细长玉颈，此刻她正背对我而坐。说实话,这女子坐得离窗边太近了,几乎要遮住整个节孔,所以才很难辨别那是人的颈部。我只能看到从女子梳着溃岛田[1]发髻的头部开始,到身穿偏黑绉纱御召[2]夏季羽织背后的一部分,而腰部以下全在我的视线之外。

明明不大的房间,却莫名其妙地点着五十烛光[3]以上的电灯。难怪起初我会把女子的脖颈看成雪白的柱子——只见她稍稍颔首而坐,发际以下裸露的细长玉颈涂了厚厚的白粉,暴露在辉煌的灯光之下映射着如焰光芒。我和她靠得如此之近,以致大都可以想象喷洒在她衣服上那袭人的、甜美柔和的香水味。我甚至可以一根一根地数她的头发:那发髻仿佛刚结成的一般,光泽如水,让人惊叹;双鬓如鸟腹般柔软饱满,可爱的发包一丝不乱,油黑发亮,仿佛假发。很遗憾我无法看清她的正脸,但无论是从她袅袅优美的溜肩,还是从和服衣领中露出的如人偶般细长的玉颈,或是从耳背发际延伸而下的背部肌肤,都不难看出她是个妖娆多姿、千娇百媚的女子,哪怕只看背影都足以销魂。

---

[1] 江户时代曾流行一时的岛田髷的一种,一般只有艺妓和女师傅结这样的发髻。
[2] 主要用在和服制作的一种高级绢织物。
[3] 发光强度单位,1烛光约为1坎。

在这种出乎意料的地方能够目睹如此美艳绝伦的女子，看来贴着节孔窥看的这一趟亦是无憾了。

此处很有必要描述一下初见女子时的印象以及最初一两分钟所见的光景。我想，即使园村的预想是错误的，但深更半夜的，这样一个别有风情的女子待在这种地方纹丝不动，也太不可思议了。从她溃岛田的发髻可以判断，她应该不是什么好人家的姑娘，明显在从事艺妓之类的职业。女子的发饰和衣裳的好尚都赶着艺妓界的流行风潮，华丽又奢侈，由此可知这女子就算是艺妓也绝不是乡野间的普通货色，应当是新桥或赤坂一带的一流艺妓[1]。但是，她为什么坐在这儿？我百思不得其解。我之前说她"在这种地方纹丝不动"，她确实像活人画一般一动不动，好像从我窥看的那刻起画面就瞬间凝结了，伸直着脖子微微颔首，如化石一般静静坐在那儿——莫非她注意到了门外的脚步声，正屏气凝神地侧耳倾听着？——我突然意识到这点，慌忙将视线离开节孔转过脸看园村，他仍旧贴着脸认真地观看着。

---

[1] 新桥自明治时代初期就一直是花柳界的一等地，主要面向新政府的高官。昭和时代初期，赤坂在花柳界得到了巨大的发展，升为二等地，与新桥不同，赤坂花柳界主要面向军人，后因赤坂名妓在文艺俱乐部美人投票中获得第一而名声大噪。

突然，原本静如死水的屋子里好像有什么动静，微微传来踩在榻榻米上、地板横木松动的"咯吱咯吱"的声音。虽然我一直嘲笑着园村的疯狂，却斗不过自己心里那不知何时涌起的好奇心，一听到这声音，又不自觉地将眼睛贴在了节孔上。

真的是短短的一瞬间——仅仅一两秒的工夫，女子的位置和姿势便多少有了点变化，方才的声音大概也是她发出的。挡在节孔前的她，斜着向屋子中央前进了些，离节孔大概有一张榻榻米多的距离，这样一来，我的视野大大开阔了，整个室内几乎一览无余：就在我蹲着的窗户对面——就是正对面，有着一堵寻常杂院的那种黄色墙壁，下半边的墙纸破破烂烂的，好像就要剥落；左侧是帘子，右侧的苇帘那头好像还带着一条走廊，外面挂着防雨挡板。从一开始，我就感到女子头部的阴影里隐隐约约有些白色的东西，如今细看，原来是一个身着和式薄棉布浴衣的男子正面对着女子，紧紧贴着墙站在她左侧！那男子不过十八九岁的模样，最多不出二十岁。他留着平头，短发浅黑，个子很高，总觉得有上一代菊五郎[1]年轻时的风采。我之所

---

[1] 应指第五代尾上菊五郎（1844—1903），歌舞伎演员。

以把他比作上一代菊五郎，不仅仅因为平头男的五官像古代江户的美男子般紧凑，还因为他清澈狭长的眸子和那稍稍凸出的下唇遗憾地显露出了他的狡猾，让人联想起《发结新三》[1]里卑劣而奸黠的鼠小僧[2]。

男子脸上的表情让人费解，既不生气也不笑，看似沉着冷静又似乎焦虑不堪。更令人费解的是，在离他一两尺的左边角落里，立着一个全黑的稻草人形状的东西，我一时想探明"稻草人"的真面目，不得不挪动身子来变换视线的位置。

经过一番端详，我发现"稻草人"的头部被黑色天鹅绒布覆盖着，三只脚伫立在地上——怎么看都像是拍照用的机器。仔细想想，狭小的屋子，强光的电灯，纹丝不动的女子——难道男子要给女子拍照？为什么特地选择深更半夜到这种脏兮兮的屋子里拍照呢？又是什么不得已的原因非要在此拍照？

我猜想，平头男定是某种违禁品的制造商，如今正让女子做模特来展开他的制作。有这种设想，眼下所见的情

---

[1] 歌舞伎《梅雨小袖昔八丈》的主人公，亦为该作品的通称。
[2] 江户后期的盗贼，名次郎吉，专门偷窃武家府第，然后把偷来的钱财施舍给穷人，1832年被处死。其义行成为歌舞伎、评书及小说等文艺作品的题材。

景才终于说得通了。

"太蠢了！园村这家伙，居然拉我来这种地方，现在该有所悔悟了吧。"

我拍拍园村的肩膀，几乎要对他说："这就是你说的杀人喽？"目睹真相之后就明白，事情明摆着就不是园村预想的那样，不过这意外的新情况亦勾起了我的好奇心。从昨天下午开始我就扮演名侦探助手的角色，奉命在东京市区兜兜转转，结果看到的竟是这么个滑稽戏码，我想笑却也笑不出来：眼下这幕虽不是什么杀人现场，却也是一起小犯罪。我们趁着夜色从缝隙偷窥，不管它上演的是杀人戏码，还是制造违禁品，都让人真真切切地感到一种不可名状的恐惧，也足以让人深深地体味一种紧张又期待的心情。我几乎要将脸背过去，不是因为我平日里的洁癖，而是恐惧已然占据我的心头。

然而，相机就这么孤零零地立着，男子没有要拍的意思；他一直靠着墙，意味深长地盯着女子。在我观察的这段时间里，他和女子都一动不动。他就这样死站着，那双佞恶的眸子如同活人偶的玻璃眼球般闪闪发光。女子依旧背对着我们，然而这会儿她正伸出双腿横卧着，耷拉在榻榻米上的羽织衣裙里露出半只右脚，脚上穿着雪白色袜子，上面还盖着和服的长衣袖。我一直只窥得女子的上半身，待窥看到其全身时，才越发觉得她的凄艳实不我欺也，这身姿多么动人心魄，多么婀娜娇艳，尽管她只是身穿柔软罗衣，纹丝不动地寂然坐着，但她的婀娜与温柔，就刻画在身体的每条曲线上，像滑溜溜的蛇翻滚着，形成光滑而流畅的波浪。我睁大了惊愕的双眼凝视着，心中仿佛沁入了袅袅的音乐余韵，心醉神迷至极。

我的视线如此执拗、如此痴迷，离不开女子的娇态，甚至无暇顾及房间右边的巨型金属盆。这么个小屋子，放着这么个大金属盆，比起角落的相机，更让人捉摸不透。要不是这个女人，我早就发现它了。金属盆有着西洋浴缸般的容积，是个又长又深，呈椭圆形的搪瓷容器，沉甸甸地放在靠近走廊苇帘的榻榻米上。

他们要用这个盆子做什么？放在这种地方，明显不是用来沐浴的……一边是相机，另一边是金属盆，中间还坐个女人，这意味着什么？……按照这个思路，我慢慢明白了金属盆的用途。难道他们要拍"美人沐浴图"之类的场景？但女子穿着和服不是很奇怪吗，现在也该准备准备脱衣沐浴了吧，一直这么杵着不动，难道在思考拍照的位置？对，应该是的，只有这种解释才能解开这间屋子的所有谜团……

我心领神会，继续观察着他们的一举一动，却丝毫不见他们有动静。女子就这样一直低头坐着，男子则如木头般杵着，直直盯着女子看。万籁俱寂的深夜里，屋内无声转动着的，唯有那男子的眼珠子，他的眼睛从未离开女子，一直游离在她的胸部和膝盖之间。若只是为了选角度拍照，这种眼神未免太奇怪了。以防自己弄错，我顺着那双眸子投出的犀利而毒辣的视线，观察他的注意力究竟落于何处，不管我看多少遍，想多少遍，视线确实落在女子的胸部到膝盖之间无疑；不仅如此，我还感觉低头静坐的女子也盯着自己的胸和膝盖之间。这时从背影看到，女子的双肘稍稍张开了，双手像做着针线活儿似的放在膝盖上，像在摆弄膝盖上的什么东西。待我留意时，发现她的膝盖上好像有一团黑色的物体不声不响，一直伸到了她前方的榻榻米上。

"……是谁？难道有个男人在枕着她的膝盖睡觉？……"

突然，传来"咕咚"的一声，好像有重物跌落在地上，这时女子将身体转向照相机，我才发现她的膝盖上枕着一名男子，那男子仰面朝天，俨然成了一具尸体！！！

我该如何形容此刻的心情？我从未体验过这种窒息，喘不过气来，体内的血液一点一点消失，意识一点一点模糊，仿佛超越恐惧，跌入灵魂脱壳、缥缈无知觉的恍惚境界——我之所以知道那是一具尸体，不仅仅因为他明明睡着眼睛却大睁，还因为他虽身穿潇洒的燕尾服，衣领却被粗暴地撕扯过，一条鲜红的绉绸女士腰带，一圈一圈地绕在他的脖颈上。他死得很痛苦，双手像要努力抓住自己逝去的灵魂却落了空，跌落在女子胸前绣有一朵发着青瓷色光芒的藤花的衬领上。女子将手穿过尸体腋下，想一口气把他翻过来，然而那如同金枪鱼般横卧着的尸体，只有躯干以上的部分被翻了过来，而身穿白色马甲的肥墩墩的腹部犹如小丘般膨胀着，下半身仍然原模原样地伸展着，弯曲成"＜"字形。凭女子那纤细的手腕，如何能处置这样大腹便便的男人呢？——男人个头不高却异常肥胖，虽看不清楚他的相貌，但仅凭那低矮的鼻梁、凸出的额头、如醉酒般红黑红黑的皮肤，我们便大致可以想象这是一个三十岁左右的丑陋男人。

事到如今，我虽然此前大为怀疑，但如今已不得不承认园村之前的预测是对的。我下意识地朝尸体看去，死去男子的头正靠在女子的银鳞纹腰带上，正如园村所说，头上的头发梳着漂亮的中分，油光发亮。

映入眼帘的不止男子的尸体。女子此刻低头凝视着膝盖上的尸体，她那丰盈的脸颊、如雕刻般清晰立体的侧脸亦尽收我的眼底。天花板上如白昼般燃烧的电灯，也好像为照耀如此美丽的肌肤而雀跃，灯光下女子的轮廓如精雕细琢般不带一丝一毫的阴影，就连那梳子齿儿般整齐纤长的睫毛都能数得一清二楚。她不时颔首，略微张开的双眼上，抬起柔软的眼睑之婉秀；其下，透着险恶用心、高挺的鼻梁曲线之美丽；在平缓宽阔、惹人怜爱的双颊之间，醒目地嵌着一点红唇之高贵；唇端光滑向下，绵延着白皙肌肤的细长玉颈之优雅——我都一一贪婪欣赏，似乎停止了心跳。

她之所以让我觉得无比娇媚艳冶，或许得益于室内极其诡异的情景。但即使去掉这些，给她的美打个折扣，她也依然是个十足的美人。最近的我，虽已厌倦了那种纯日本式、艺妓风的美，但女子的脸型绝不是草双纸[1]流的瓜子脸，而是带着稍许婴儿的圆润，在娇嫩欲滴的柔软中，又有如冰霜冷淡的眉目，端正清秀得惊人，还夹着些许娇媚和自傲。

如果硬是要在女子的容貌中挑出什么缺点的话，那就是她狭窄的美人尖打破了整张脸的协调，使她带了稍许卑微感；以及她那过粗的、向眉心左右压迫的眉毛，使她看起来多少像是坏心眼、暴躁易怒的人；还有她双唇紧紧闭合的样子，强硬地压制着她那洋溢着的非同一般的可人娇

---

1 江户时代的通俗绘图小说。

媚，像喝过苦药后嘴里含着令人愁闷的余味，像缝补着让人火大、不快的褶皱——大概是这些。然而这些缺点在这种诡异凄惨的现场反而生动起来，它们适合这里，说给女子的美更添了几分妖媚艳冶的风情也不为过。

想来，我们俩是在男人被杀后不久来到现场窥看的。或者，最初将眼睛贴近节孔的时候，那个男人说不定还留着最后一口气。这么长时间了，靠在墙壁上的平头男和那个女子都一言不发，大概是犯罪结束后茫然不知所措，稍许有些神志不清吧……

"姐姐，已经好了吧。"

不久后，平头男回过神来，眨巴着眼睛低声细语说道。

"啊，结束了啊。——来吧，来照相。"

女子说着，露出如剃刀刃光般冷冽的笑容。一直低眉敛目的她，突然向上睁大了眼睛，那如同黑曜石般又黑又大的眸子，闪着不可思议的沉着冷静的光芒，宛如静静溢出的清泉，我方才明白这满是深意的目光。

"那请稍稍后退些……"

男子刚说完，两个人便迅速行动起来。女子一点一点拖着尸体，向着房间右手边金属盆那边后退，再转过身来。男子走到之前的那台照相机旁，将镜头向着女子频频对焦。女子凛凛的眉头越发凛凛地往上吊着，一边倒剪着双臂，努力撑起那动辄就从膝盖上滑落的大肚子尸体。尸体被抱起,其上半身的位置比之前高了一点,头部几乎就要碰到女子的下巴,和之前一样没力气地仰面朝天。从这种情况判断,男子要拍照的对象并不是梳着溃岛田发式的女子的艳姿,而是那个被绞死的男子的死相,这点很奇怪。

"能稍稍再抬高一点么?因为实在太胖了,肚子太碍眼了,上面拍不到啊。"

"但是太重了我抬不上去了,这肚子多大啊。怎么说也得有二十贯目[1]重。"

男子就这样一边和女子若无其事地对话着,一边插入底板,取下镜头盖。

等到拍好照片,盖上镜头盖,已经过了相当长的时间。这期间,身穿燕尾服的尸体,双手像青蛙的手足般被拉着,头软绵绵地倒向左边,像极了号啕大哭撒娇的孩子被母亲抱起时的模样,懒懒散散地耷拉着手脚,不消说,那条缠在脖子上的鲜红绉绸带子也一同无力松弛地耷拉着。

"拍好了,行了。"

男子说。女子松了一口气,将尸体横放着,从腰带间

---

[1] 一贯目约合3.75千克,二十贯目大概是75千克,也就是150斤。

掏出一枚小镜子——仿佛在这种场合仍在担心美丽整齐的发型会散乱，伸出戴有镶嵌珍珠钻石戒指的象牙般白皙的手，在岛田式发髻上小心谨慎地抚了两三遍。男子向着帘子对面的小门方向走去，好像在扭动自来水龙头的开关，又传来一阵用水桶还是其他什么接水的哗哗声。之后过了不久，有一股异样的、像是药店里的刺鼻的药味，猛烈地扑鼻而来。我刚开始还在想，是不是平头男在洗照片，然而这药味实在太奇怪了，闻着闻着让人呛出泪来，和熏硫磺的味道很像。

男子从帘子背后的阴影处走出来，两手各拿了一支试管，说："终于配制成功了，究竟会有什么效果呢？配到这样的颜色应该没问题了。"他站在灯下，一会儿摇晃试管，一会儿透过灯光来观察液体。

很不幸，化学知识严重匮乏的我，完全不知道那两支试管里装的究竟是什么成分，很明显这种奇怪的味道是从那儿散发出来的。男子右手拿着的药液是澄澈的紫色，左手的药液则是像胡椒薄荷般清澈透明的绿色，它们在电灯炫目的光亮中逐渐上涨，那玲珑剔透闪闪发光的样子，美丽极了。

"多漂亮的颜色啊。简直是紫水晶和绿宝石嘛……这颜色应该没问题了。"

女子说着莞尔一笑。这次不再是之前那种阴森的冷笑，她咧开嘴角，虽然没有发出声音，笑容却灿烂如花。上颚右边被金包裹着的犬齿，和左边角落露出的一颗虎牙，都令她如花般的灿烂笑容增添了几分可爱迷人。

"简直太漂亮了。这种颜色，绝对想不到是恐怖的药水。"

男子继续将玻璃试管高举过眼，看得出神。

"就是因为恐怖才会美啊。不是说恶魔和神一样美么？"

"……有这个就放心了。只要用它来溶解就能不留痕迹，所有将成为证据的东西都会消失……"

男子说这话的时候更像是自言自语，一边说一边信步走向金属盆。他将试管中的药液一滴一滴徐徐倒入盆中，然后又走回到后门，运来五六桶水，将金属盆灌满。

这是要做什么？那药液是来溶化什么的？还有散发硫磺般异臭、似宝玉般色泽瑰丽的药，究竟是用什么做成的？这世上真有这种东西吗？——我不停地琢磨着，只觉恍若梦境。

又过了一会儿，听男子这么说：

"就这么放着，大概明天早上就能完全溶掉了。"

"但是这么肥大，应该不像上次溶解松村先生那么顺利，这尸体全溶的话应该还要花很多时间吧。"

女子从容地说着，二人用双手紧紧抱起死尸——死去的男子仍裹着燕尾服——"咕咚"一声，尸体便浸在了满是药水的盆里。这是后话。

浸泡尸体的时候，女子麻利地系上束袖带，露出两道雪白的手腕。将尸体扔进去以后她没有解下束袖带，而是双手扶着金属盆的边缘，像莎乐美[1]眺望水井中的约翰一般，心无旁骛地望着水面。我清楚地看见，她左手离手腕七八寸的地方，一个红宝石眼睛的黄金蛇造型手镯，一圈两圈地缠绕在女子如大理石般光滑无瑕的手臂上。

然而，遗憾的是我无法看清那具尸体是如何溶在药水里的。此前说过，金属盆像西洋浴缸般高大，只能隐约看到浮在水面的死尸的大肚子，以及如同沸腾的热水般扑哧扑哧地在他周围冒起的一串串小泡沫。

"哈哈，今天的药特别灵呢。你看，这大肚子慢慢溶掉了，照这么下去，不用到明天早上，很快能溶完。"

听平头男这么说，我更加有意地凝视着尸体，让人惊讶的是，大肚子果然一点点地，以极慢的速度像气球瘪掉般缩小了，不一会儿白色的小山丘便完全沉到水里了。

---

1 《圣经》中的犹太国王希律王继女，在母亲的怂恿下杀死了施洗约翰。

"进展很顺利呢。剩下的就是明天的事了,我们差不多也该睡个好觉了。"

女子没精打采的,有些筋疲力尽地坐在了榻榻米上,从怀中掏出带金嘴儿的香烟,擦下火柴。

平头男照她说的,从走廊方向的壁橱里拿出一套精美的寝具,将其铺在房间中央。那寝具沉甸甸的,底垫是两层厚厚的棉被,下层是如猫的毛皮一般光滑润亮的黑色天鹅绒,上层是纯白色的缎子被。那衣被[1]上印着淡粉色蔷薇花的图案,让人似乎可以感到麻布轻柔贴肤的凉意。铺好女子的寝具,男子这才去隔壁房间的玄关处,单独铺设了自己的床。

女子换了白羽二重[2]的睡衣,轻轻地踏在如沼泽般凹陷的、柔软的被子之上。然后,她如雪女郎般身姿轻盈地站起来,伸出手关掉了电灯。

如果那个时候她没有熄灯的话……那晚的我们,早已忘记了自己正置身险境这回事的我们,完全被眼前光景所吸引的我们,或许会一直将眼睛贴着节孔直到天亮吧。房

---

1 原文"掻卷",一种像大衣带袖的寝具,保温性极佳,冬天可以作被子。
2 平织的基础上夹了白绢质地。经常作为进贡品。光泽美好,肌肤触感极佳,主要作为礼服使用。

间里突然变得漆黑一片,我这才想起,自己从一个小时之前就一直蹲在这条局促狭小的小巷里。不,说实话,即使周围漆黑一片,我们依旧半是心中有所期待似的,半是茫然地蹲在窗前。

之后,如梦初醒的我,心中袭来了巨大的不安——如何才能从小巷子里走出去,又不让他们察觉到一点脚步声?在这条局促的、只能勉强进去一个人的狭窄小巷里,但凡响起一点"咔嚓"的脚步声,他们都不可能听不见。他们刚刚交头接耳低声细语说的那些话,一字不落地进入了我的耳朵,足以说明我们离他们的距离是多么近。如果让他们发现了我们在偷看,那我们的命运会怎样呢?看看今晚他们做的事,就知道这是多么大胆的坏人啊,用的是多么高明的手段,执行的是多么缜密的计划,执念是多么深啊。就算我们能平安无事地逃离这里,只要被他们盯上,我们的生命也随时会有危险,说不定还会迎来像那个身穿燕尾服的男子一样,尸体被投入金属盆中,被药水溶解的命运——我们至少得做好心理准备,以后昼夜都不能放松警惕,不得不战战兢兢地活下去。一想到这些,我更不敢轻举妄动了。

才发觉自己现在陷入了多么一筹莫展的绝境中。不管如何,先暂时一动不动地待个二三十分钟,等他们睡着以后再悄悄退出来才是万全之策，我瞬间想到了这个主意。而蹲在小巷子更里头的园村，只要我不动，他当然也出不来。与其说他明白了我的想法，不如说他为了防止我轻举妄动，紧紧握着我的右手，屏住呼吸一动不动地蹲在那里。

无论是我还是园村，在那种场合竟然可以保持判断力和沉着。明明牙关颤抖得厉害，双脚竟能支撑身体。如果我的躯干、手腕、膝盖都抖得再厉害些，还能像刚才那样，不发出丝毫声音吗？在那九死一生的时刻，我这种胆小鬼竟然拥有奇迹般的勇气，真让人感慨。

幸运的是，我们没有必要长时间一动不动了。为什么呢？熄灯后最多只过了十分钟，室内就传来了女子熟睡的呼吸声，还有平头男响亮的鼾声——多么胆大的家伙！——而且这声音听来似乎很安然，我们这才觉得自己捡回了一条命，极其小心翼翼地踮起脚尖从这条小巷子里抽出身来。

出来以后，园村拍了下我的肩膀：

"喂，等一下，我还没有给你看那个鳞形的记号吧——你看，就是那儿，那儿画着一个白色的三角形记号。"

他指着这家的屋檐说。果不其然，正好在门牌附近的地方画了一个鳞形的记号，似乎是用粉笔画的，就算是晚上看也很明显。

我越想就越觉得，一切都如谜似幻。说它是谜却又太不可思议，说它若幻却又太过清晰。我确信自己的肉眼见证了这现场，却无论如何都有种被欺骗的心情，挥散不去。

"如果早到两三分钟，就可以看见那男子被杀害的场景了，好可惜啊。"

园村说道。两人不约而同地重新走过弯弯曲曲的羊肠小道，到了人形町大道又走向江户桥。湿润的风冷冷地吹过脸颊，让人有点不舒服。先前半晴的天空在不知不觉中连一颗星星都看不见了，像马上要下雨似的。云朵如旧棉被的棉絮般压迫着整片天空。

"园村……就算你再小声，也最好别在路上说这种话，还有啊，我们现在要怎么走，从哪里回家？三更半夜在这种地方晃来晃去，万一被和那桩谋杀牵连起来就麻烦了。"

"牵连？怎么可能？不要杞人忧天好不好。你觉得明天报纸会刊登今天这起犯罪吗？你觉得那些家伙用了这么高明的手段，会做出留下证据，又引起刑事问题这种疏忽大意的事情来？那个被杀的男子，恐怕只会作为下落不明的失踪人口，经过一段时间的搜查，就会被人忘了吧。我觉得肯定是这样。所以就算我们是他们的同伙，我们的罪行也永远不会被世人发现，我担心的倒不是这些，而是担心那两个家伙会不会有所察觉？若是被那男的和女的盯上，我们无论如何都活不成了，不知道有多恐怖。但既然我们都顺利从他们的眼皮底下逃出来了,那就一定安全,什么都不要担心。既然我们脱离了生命危险,接下来就有的忙活了……"

"忙活什么?不是到此为止了吗?"

我不太懂园村的意思,狐疑地看着他的一脸奸笑。

"怎么可能,还早着呢,好玩的事儿才刚刚开始。我要利用他们没有觉察这点,故意装成什么都不知道来接近他们,反正你等着看好戏吧。"

"拜托你不要做这种危险的事!我已经充分领教到你做侦探的厉害了。"

我吃惊于他的异想天开,心里很窝火。

"侦探工作告一段落,要开始做别的事情了……算了,回到车上再和你说吧。反正现在很晚了,今晚你就住我家吧。"

说着,他拦住了一辆开往鱼河岸[1]的出租车。

车载着我们,从中央邮政局的广场向日本桥驶去,在深夜寂静的大道上的电车石板路上,直直开向前方。

"……接着刚才的话。"

---

1 即东京中央区的筑地鱼市场,靠近日本桥。

园村探向我脸的这边。从那刻起，他又开始兴奋了，眸子里发出一种莫可名状的不寻常的光。不得不说，园村就算不是疯了，也多少有些不正常。他的神经总在奇怪的地方一会儿敏锐一会儿迟钝，他的头脑一下思路清晰明了得让人害怕，一下又变得如孩童般天真烂漫，怎么看都是有病。一定是因为有病，才能发现今晚的恐怖杀人事件。

"接下来要做什么，我有计划，我说了你自然就会明白。在此之前，你怎么看今晚的这场犯罪，有什么感觉？感到恐怖是必然的，但真的只有恐怖吗？除了恐怖之外，那个女子的行为举止、容貌长相，没觉得有什么不可思议的地方么？"

园村连珠炮般接二连三地发问。

我的心情异常沉重，头脑深处刻入了当时的场景——恐怕我这辈子都忘不了，一想起那画面，就像被幽灵附体般，迷迷糊糊的，只得无力地回头望着园村。

"……直到我们从节孔窥看室内之前，你大概都在怀疑我的推断吧？从一开始就认为不可能有什么杀人事件吧？……"

园村不管不顾地继续说着。

"你从昨天开始就认为我疯了，本着照顾疯子的心，你才跟着我去了小巷子里。你心里觉得我烦，可还是做出附和我的样子,这些我都懂。我很清楚,你就是把我当成了一个疯子,说不定到现在你还是觉得我疯了。但是,无论我疯也好,不疯也好,从节孔里看到的画面确实是不可改变的事实,这点你我都无法否认。但你和我不同,你并没有做好看杀人现场的心理准备,所以你比我更加惊愕和恐惧,至少那种场合我比你观察得更冷静。当那具尸体从女子的膝盖上滑落、进入你我的视线,我那时候的惊讶可一点都不输给你,可理由应该是跟你完全不同的……

"那女子背对我们的时候,你大概没注意她膝盖上放了什么东西,所以也不知道那女子和平头男究竟要做什么。可我早就坚信那阴影里藏了尸体。你还记得吧,女子最初坐得离我们很近,差不多堵住了节孔,加上我观察的位置比你还低一尺,所以我的视线只能看到那女子的背到右肩、对面的那堵墙,和金属盆的侧面而已。然后中途,女子又跪坐着向前移动了半米左右吧,你那时候眼睛稍微离开了节孔一会儿,就那会儿女子用膝盖向前挪了一张榻榻米。可她依旧背对着我们,直线向前挪动,所以我们还是无法看出阴影究竟是什么,但我们从那时开始就完全可以看到女子的背影了:她身体稍稍左倾,两只手放在膝盖上好像在做什么针线活似的……你也这么想的吧?我一看那样子,就觉着她的膝盖上一定枕着一颗被绞死的头。乍看没什么,但那副身姿，绝不是膝盖上放着普通东西的样子，女子伸直了脊梁骨和腰部，只有脖颈以上部位稍稍前曲，俯首向下，样子实在太不自然了。她的身体十分柔软，又穿着宽松的和服，如果不仔细看恐怕很难发现有什么不自然，总而言之是被什么重物压着膝盖，一直在用全身的力气承重。尤其她两边的手腕，从左右肩膀到肘部，一直在用力，肌肉因此发抖颤动，虽然很轻微，我还是明显感觉到了，这颤抖还时不时传到她的长袖上，引起大波动。我就猜想，她那时就已经挪到了被杀男子的身旁，将尸体的上半身靠在自己的膝盖上，一边试探男子是否断气，一边为以防万一又将死者的头重新绞了一遍，不然不会出现那种姿势。而手腕颤抖，正是两手用力拉紧了绉面带子所导致的。如此说来，我在那时就已经注意到女子的暗影里藏着尸体了，所以当它进入我们的视线时，我一点也没有惊讶。可让我惊讶的是她那惊为天人的美貌，之前一直被犯罪夺去注意的我，在看到那女子容貌的瞬间，简直吓了一跳……"

"我也承认她很美。"

这时，不知怎么的我被园村触动了肝火，不怀好意地说：

"……承认归承认，可事到如今你才来赞美那女子的容貌，太奇怪了吧！是个美人不错，可那姿色在一流艺妓中一抓一大把。你以前在新桥和赤坂玩乐的时候，没见过那样姿色的女子么？"

我冷嘲热讽地说。为什么这么说呢？因为园村最近宣称"艺妓中没一个美女"，接着就不再好这一口了，转而专注些西洋电影。就算有时想要女人，也只是特意跑到吉原小格子六区[1]的酒馆[2]，花些钱简单满足下。明明有段时间还一副荡尽家产的气势流连于青楼[3]，最近又变得非常反感艺妓，屡屡在我面前声明"浅草公园酒馆的姑娘都比她们漂亮得多"，兴趣都这般颓废了，突然又夸奖起今晚那女子，多少有些矛盾。

"当然，仅从姿色来说的话，新桥和赤坂确实都有……但那女子可不一定是艺妓哦。"

园村略微狼狈，勉勉强强地辩解着。

"梳着溃岛田发髻的应该是艺妓，再合理不过了吧。至少她身上的美就是艺妓的美，总超不出这个范围，不是吗？"

---

[1] 日本江户低级的暗娼聚集地。
[2] 原文"铭酒屋"，以卖名酒为幌子的暗娼酒馆。
[3] 原文"待合"，本指出租房间给男女密会，明治至昭和时代，其意逐步发展为以东京为中心，提供艺妓陪同饮食游乐的场所。

"不是,算了,你别那么说,先听我说。从风采和服饰好尚来看,那女子确实很像艺妓。我也承认在艺妓明信片上常有她那种类型的长相,可是你没注意到,她那浓眉和眼睛周围浮现着一种不可思议的神情——那种恐怖的、犹如野兽般残忍和强势的表情。那嘴唇多么冷酷,带着一种忧郁湿润的线条和色泽,像藏有不见底的无限狡诈,又像在悔恨懊恼,你怎么看?艺妓里谁有她那种病态的美呢?确实,从五官一个一个来评判的话,比她眉目清秀的女子多得是,但那种带有深度的美,你又能在哪个艺妓身上看到?你说不是吗?"

"我没觉得……"

我极其冷淡地回应着。

"……那张脸美则美矣,但我觉得只属于普通类型而已。你好好想想那种场景,杀人诶。做出这种恐怖行径,无论是谁,表情都很可怕的好吗?你非要往这副表情上加深度的话,充其量就是种病态美而已嘛。恰巧杀人的是个不凡的美人,病态美就愈发施展出来,看上去甚至像带了一股阴气,仅此而已嘛。在青楼或者其他什么地方碰见这种女人,也就和普通艺妓差不多……"

就在我们唇舌交战之际,汽车停在了芝公园的园村家门口。

快四点了，短暂的夏夜微微露出了鱼肚白，我们却根本没打算让奔波了整晚、已经疲倦不堪的身体休息，像昨晚黄昏时分一般，我们再次坐在书房的沙发上，举着白兰地酒杯，一边抽烟，一边继续激烈地讨论着。

"你为什么如此介怀那女子的容貌呢？我觉得犯罪的性质才是重点，简直太不可思议了。"

园村突然将嘴边的酒一饮而尽，然后把空酒杯放在桌上，说：

"我想靠近她。"

他用低沉的声音轻轻说着，像豁出去了，又像莫名想不开一般，说完之后长叹了口气。

"又来了，你的病又犯了吗？"

我本压在心里的想法，也忍不住冲出了口。

"……别再提这种事了，收敛一下你那些异想天开吧。你要接近那女子？恐怕只会落得和那燕尾服男子一样的下场。就算再怎么好奇，也不能不顾性命啊，你不怕被绞死扔进药液里？算了，你要是不惜命就只管去接近好了！"

"又不是接近就一定会被杀死。我从一开始就小心提防的话，会没事的。而且刚才你不也说了嘛，那女子并不知道我们掌握了她的秘密，所以不可能胡乱杀我们。这不是很有趣吗？"

"你太不正常了,就算不是疯了也是得了神经衰弱。小心为上啊。"

"谢谢,谢谢你的忠告,但你就让我放手去做吧。我最近不知怎的,渐渐失去了对生活的兴趣,也不知我这副躯壳有何用处,总感觉没点特别的刺激,就要活不下去了,要是没看到今晚这么有趣的场面,都要被单调乏味的生活逼疯了。"

园村说着,像在庆祝自己的疯狂一般,接二连三地倒酒。素来嗜酒如命的他,有轻微的酒精中毒,已经到了不喝就会手指发抖的地步,醉意上来脸色变得铁青铁青的,瞳孔却犹如深邃的洞穴,黑得干净澄澈,这下反而镇定了。

"如果能确保自己的安全,接近她也是可以的吧——但是你,要怎么去接近?你知道她的身份和身世吗?就算女子是艺妓,也绝不是普通艺妓。她为什么杀人?从哪里拿到的恐怖药水?和那平头男又是什么关系?先调查清楚这些细节再接近她,才更保险。你还是要听听我的这些忠告啊。"

我打心底替园村担心得不得了。

"唔。"

园村应付地笑着:

"我早注意到了。我大概猜得到那女子和平头男是什么人。眼下我正在考虑用什么手段,利用什么机会,如何最自然地接近他们。如果那女子真像你说的是个艺妓，那么接近她就很容易，但我无论如何都不信她只是个艺妓。"

"我也没有断言她就是艺妓啊。只是打扮成那样的女子，除了艺妓以外不会是其他什么人了吧。我想不出来，她如果不是艺妓会是什么人呢？还有犯罪动机，为什么一定要给尸体拍照，为什么要用药水溶掉尸体，以及那恐怖的药水叫什么名字，如果你能解释的话就都告诉我吧。这一件一件事都太不可思议了，对我来说就像是一个个谜团，根本没法解释。我一直想听听你说。"

我提的这些问题，对园村来说不见得是好事，毕竟会引得他那不正常的脑子往奇怪的方向想。可是，我被那犯罪场景点燃了好奇心，直忍不住要发问。

"我也有很多不明白的地方，算了，我就说一下我的分析吧。"

说着，他用老师教学生的口吻，开始谆谆教导起我来。

"事实上，我正理智地思考如何解开这些疑团，虽然还没到能给出明确结论的地步，但是首先，我可以肯定女子不是艺妓。之前在电影院见她的时候，她梳着东洋髻[1]，

---

[1] 原文"庇发"，明治、大正年间流行、模仿外国发型的一种束发。女学生常梳这种发型。

而用来写片假名的左手并没有戴着今晚的戒指。还有，之前我们将眼睛凑上节孔的时候，闻到她和服上散发出来带甜味的芳泽，而之前那个晚上，我离她比今晚更近，我的嗅觉也一向敏锐，可就是什么都没闻到。不可能说，前几天晚上的那个女子和今晚的女子不是同一个人。一个不惜用药水溶尸、以图消灭犯罪证据的人，不可能将重要的谈话交给别人代劳啊。从片假名的暗号、同平头男进行重大商议这些方面来判断，可以肯定那晚的女子和今晚的女子，是同一个人。那么，那女子应该有根据日子的不同更换衣物的癖好。如果是恶人惯犯的话，就更有换装的必要了。在不同的场合，她可能梳着溃岛田发型装成艺妓，也可能束发扮作学生。那女子真是艺妓的话，那么前几天的晚上她就算戴着戒指也可以，而且香水不也没喷么。今晚和服上的那股香味，应该不是普通艺妓使用的香水味道……

"那究竟是什么香味，你知道么？……那不是香水哦，是古式檀香的味道。她今晚的和服上熏了檀香。你好好想想。如今的艺妓已经极少往衣服上熏檀香了吧。那女子明显是个喜欢奇怪事物的人，如此恋物的证据，还有她在束起袖带搬运尸体的时候，你可看到她左腕上有个极好的手镯？如果那手镯是普通艺妓之物，也太扎眼了。女子梳着溃岛田发髻，穿着沁满檀香的衣裳，又往手腕上戴了这样的手镯，不觉得很古怪、很不自然吗？总之，就是给人一种她喜欢古怪装扮的感觉。然后，被杀害的男子身穿燕尾服这件事，你也放在一起考虑看看。在那种场合，穿什么燕尾服，你不觉得稀奇古怪吗？这就更加把整件事情带进了迷宫，燕尾服和艺妓，这种组合有点对照鲜明吧？而且，女子还对着平头男说了这样的话：'就是因为恐怖才美啊。不是说恶魔和神一样美么？'这种话从一个艺妓嘴里说出来，也太傲慢自大了。再想想之前的暗号交流——如果那些英文是她自己写的，那就绝不是一个艺妓能办到的，接受过这种教育的女子绝不可能沦为一名艺妓；就算真是艺妓好了，这种美貌和才气并存的艺妓，我们不可能到今天都不知道啊。首先，如果她是艺妓的话，是怎样得到恐怖药水的？而且，她还深谙药水调配的方法，不是还吩咐平头男去调配了吗——从这些方面来看，我相信她绝不是艺妓。最后，还有一个能够证明的有力证据，就是她将尸体泡在药水中的时候，说过这么一句话：'这么肥大，全部溶掉会花很多时间，应该不会像上次溶解松村先生那么顺利吧。'这句话你还记得吧？……松村这个名字，你就没想起来点什么？"

"啊，好像是提到了松村——可我没有想起什么，那松村究竟是指什么？"

"之前——正好两个月前,报纸有报道过鞠町的松村子爵下落不明的消息,你看到过吗?"

"记不太清了,但好像有看到过。"

"那则报道在晨报和晚报上都有刊登,还放上了本人照片,然后晚报报道得更加详细,甚至登载了家族的谈话。貌似在子爵下落不明的一周前,他刚刚从欧美游历回国,但在出洋的路上好像患了忧郁症,回到东京之后便整天把自己锁在家里,不见任何人。然后,有一天因为郁闷得受不了了,和家人说去旅游一个月就出了府邸,再接着就不知去向了。

"……子爵好像计划先去京都再去奈良,之后再转到道后的温泉。没有随从,只有一个家仆送他到中央火车站,看着他买了去京都的车票上了车。家人的说法是,子爵在旅途中变得越发不对劲,甚至起了自杀的念头,出发时准备了大金额的旅费,却没发现类似遗书的东西,应当是没有做好自杀的心理准备,在犹豫不决中了断的吧。事情经过差不多是这样。之后的十天,松村家似乎每天都在报纸上刊登子爵的照片,悬赏搜索子爵的下落,但没有得到什么有力的线索。而且,在子爵从东京出发的第二天早上,有人在京都七条的火车站好像看到和子爵照片十分相似的绅士,同一个贵妇人打扮的年轻女子出了站台。用家仆的话来说,子爵长期居住欧洲,回国之后也独来独往,在社交界不可能有熟人,当然也不可能涉足花柳界,所以子爵和贵妇人同行绝不是真的,多半是认错人了。之后过了两个月,并没有什么关于子爵行踪的报道,也没有发现尸体之类的消息。结果直到今天,子爵都生死未卜。我当时看报纸时,并未特别留意,可刚刚那女子说出了'松村先生',我直觉这一定是指子爵。莫非那个死在她手中的松村就是子爵?说不定啊,不,一定是子爵,一定是的。我有这种直觉……你也好好想想看,子爵是从东京出发到京都这段路上下落不明的,如果是在抵达京都前的火车上发生了变故,不可能不为人知。由此看来,他到京都前应该是安好的,如果真有什么三长两短,也一定是在到达京都之后。只有人说在七条火车站见过他,而这之后子爵没有被目击出现在任何一个车站和旅店,那他只可能是在京都自杀,或者被杀。无论是自杀还是他杀,如果用的是普通作案手段,并且在京都市中心作案的话,没有理由到今天都没发现尸体啊……好了,这都是我的猜想。之前女子还指着燕尾服男子的尸体,说'这男的不像松村先生,这么肥大'。可见她所杀害的松村应该很瘦,你再看松村子爵的照片,也是一个很瘦的人……

"那女子在喊松村名字的时候,说的是'松村先生',

她特意加了'先生',一方面说明她和松村的关系没那么亲密,某种意义上不也有尊敬的意思吗?我们平常说谁的时候,都会某某某的直呼其名,但如果那个人是社交界的名人或者世家大族的话,会加上'先生'称之为'某某先生'吧,那女子特意说松村先生,大概是因为这个叫松村的既是世家大族又与她关系不深吧?这松村是她的情夫也好,丈夫也罢,总之要是关系亲密,在杀他的时候总不会喊他先生,而是喊'松村那家伙'或者'那混蛋'这类的吧。当然,单凭这点就推断这个被杀的松村就是那个松村子爵的话,未免过于草率。但是,这里还有一个有力的证据,那就是子爵单独从东京出发到达七条火车站时,和一个年轻的贵妇同行的传闻。虽然子爵家的家仆以子爵没有和任何妇人来往为理由否认了传闻,但假如这个妇人是在火车上与子爵变得亲密的话又作何解释?对于素来不喜社交的子爵而言,这种事或许绝无可能。可那女子,那个擅用诡计的妇人,要是最初就抱着笼络子爵的目的,用巧妙的手段费尽心思地接近他,再加上身材不错、容貌绝美,子爵会否就对她放松了警惕?子爵准备了大额旅费,难道女子不会为了卷走这笔钱,从东京一路尾随到京都吗?……照这个思路,我猜测贵妇人会不会就是昨晚的女子,而子爵也确实在京都某个地方被那女的杀了,尸体还被溶解无存了……"

"所以你的意思是说，这女子属于在火车作案的扒手之类的？"

"大概是……就目前为止尚未发现子爵的尸体这一点来看，被那女子杀害并被药液溶解的松村应该就是子爵了。若子爵和女子之前并不相识，女子定是为了谋财便杀了他。她确实是扒手，但绝非一般的小偷小盗，应该是大规模犯罪组织中的一员，这种谋财害命之事只不过是闲来无事随便做的，这么推断应该再合适不过了。她应该在东京和京都两边都有犯案，在京都也应该有类似的安放那种药液和西洋浴缸的房间。所以，这一定是个用暗号进行通信，并频频在东海道[1]作案的犯罪组织……"

"听你这么说，我觉得确有几分道理。那今晚被杀的那个燕尾服男子，也是什么世家大族出身的喽？"

我继续发问。实话说，不知从什么时候开始，我已经对园村的侦查能力佩服得五体投地了，要是不一一问个清楚，就会心里不痛快。

"应该不是世家大族吧。我想今晚的杀人和松村子爵

---

1 指江户日本桥到京都三条大桥之间的街道。即现在的东京到京都一带。

被杀的情况大不相同。"

园村边说着,边从椅子上站起来,打开洋房的东边窗户,早晨户外清爽的空气冷冷地流进了烟雾弥漫的封闭房间里。

"我从一点来推断燕尾服男子可能是他们犯罪集团的一员。"

园村说了这么一句,然后回到自己原来的椅子旁,我狐疑地眨眼听着,他则目不转睛地盯着我看。

"从上次电影院的状况来判断,他一定是女子的情夫或者丈夫。你看他穿着燕尾服所以觉得他是世家大族,可是像今晚这么脏乱的小巷子,会有贵族穿着燕尾服来吗?倒不如说是恶棍打扮成贵族模样出席了某个晚会,然后回到了自己居住的地方更符合实际吧。除了说燕尾服男是女子的情夫,也没有什么别的好解释了,特别是那女子在拍照的时候还说过这样的话:'这肚子多大啊。怎么说也得有二十贯目重。'我想这句'有二十贯目重'就足以说明她和燕尾服男子之间的关系了。"

"嗯,分析得很有道理。若真如此,女子是因为迷上了平头男,才杀掉了这个碍事的燕尾服男?"

"嗯,可能性极大,但应该不是。你也看到了,尸体被扔进盆里以后,平头男先帮女子铺床,然后又到另外一间给自己铺床。不仅如此，平头男还一直对女子的命令言听计从，并且称呼她为'姐姐'。要是这两个人相互欣赏相互爱恋，那这种行为不是难以理解吗？更不可思议的是拍照片，明明都到毁尸灭迹的时候了，为什么还要拍照片呢？自己亲手杀掉的男人，即便只是梦见也觉得恐怖吧，究竟出于何种动机做出如此举动呢？不管动机如何，这场杀人犯罪十分奇怪，也许原因就隐藏在我们意想不到的地方呢。"

"意想不到的地方？比如什么？"

"比如——这只是我的突发奇想——女子有什么性方面的异常特征，说不定对于杀人，她有一种秘密的快感。不然没什么必要，谁会有想杀人就杀人的怪癖呢？仔细想想女子的行为，我的猜想不无道理。你想啊，最初子爵在火车内靠近了她，便被杀害了，这样的杀人，可能出于谋财害命。但是，我不知道子爵带了多少钱，不管怎么说，不过是旅行的费用而已，最多不过一千元[1]吧。为了这点小钱，未至于不取性命不罢休的地步吧？比方说给子爵闻麻醉药，利用同伙假他人之手去办事，这女的不是有许多方

---

[1] 昭和年代日本1日元相当于现在的2000至3000日元。1000日元约合现在人民币12万至18万元。

式隐藏自己在外犯罪的痕迹吗？而且杀人还不是普通的杀法，特意将子爵引诱到京都市区，还带到他们的老巢，最后将尸体扔进药液里溶解，这程序也太麻烦了。再说昨晚的杀人事件就更不可思议了。刚刚分析过，不是为了财，也不像是为了男女关系，燕尾服男子的死几乎毫无意义，还添上了尸体被拍照这种麻烦事。这些足以说明，在杀人这件事上，她的恶毒趣味和病态嗜好起了很大的作用，不是吗？要是再发挥下想象力，她到目前为止不知用同样的手段杀死了多少男人，然后一一给他们的尸体拍照，看着那些沉迷于自己的美色而丢掉性命的无数男子的死相，就像面对自己的恋人，狂暴的内心得到满足，不是吗？至少世上还是有像她这种变态性欲的女人吧……"

"对，也是有的。可燕尾服男子这么凑巧地成了女子欲望的牺牲品，应该还有其他什么原因吧？如果真像你说的，她有怪癖，那也不可能见个男的就想杀吧？比方说她为什么没有杀平头男，而专门杀那个燕尾服男呢？"

"确实——因为燕尾服男不仅是女子的情夫，还是犯罪集团的头目。也就是说，她偏向杀那些比自己地位高的、意想不到的人。平头男不过是普通人，只要想杀随时都可以杀，但杀了没意思啊。将松村子爵锁定为目标，是因为子爵是上流社会的贵族，极大地挑起了她的好奇心；杀犯罪集团的头目的话，自己或许可以取而代之，总之伴有利益上的关系。现在的平头男对她言听计从，会不会因为她是集团的下一个头目？"

"原来如此。"

我对园村的说明简直佩服得五体投地。

"这么一解释，谜团似乎就能解开了，那个女子就是个恐怖的杀人狂魔。"

"恐怖的杀人狂魔……是啊，同时也是一个美丽的妖女。我一个劲儿地用理智去思考她是个多么恐怖的女人，脑子里却装满了她的美丽；浮想起昨晚的情景，就算她昨夜杀了人，我也只觉得她是个极美的怪美人，心里一个劲儿地觉得她是个不属于人间的妖艳尤物。虽然昨夜确实从节孔窥看了室内的杀人现场，却没有留下一点恐怖的印象和不愉快的记忆。那里有人杀了人，但是没有流一滴血，也没有一丁点儿争斗，更没有一丝呻吟。那场犯罪就像恋人枕边的细语，完成得如此柔美。我没有为此害怕得夜不能寐，反而像是看了一幅光辉夺目、五彩缤纷的画一般。恐怖之物皆是美丽的，恶魔同神明一样庄严，她说的这句话，不单指那如同透着宝玉光彩的药液，也是形容自己吧。这样的女人才是天生的侦探小说的女主人公，是恶魔的化身，是久久盘踞在我脑内妄想世界里的鬼魂，是我苦苦思恋的幻想的化身，出现在这个世上是为了慰藉我的孤独。她是为了我，为了与我相遇，才存在于这个世上的。岂止啊，我甚至还想，昨晚的那场犯罪说不定也是为了让我看到而上演的吧？无论如何我要与她相见，哪怕赌上我的性命，从现在开始，我要倾尽所有去找她然后接近她……你担心我，我很感激，但不要插手，就让我放手去做吧！我说过，我的目的不是要探寻那女子的秘密，而是我恋上她了，或者确切地说，是我崇拜她。"

圆村这么说着，将两手枕在脑后，精疲力竭地蜷在椅子上，眯起眼睛陷入了沉思。

到了这份儿上，我不知道该说什么来劝他才好，甚至连开口的力气都没有，于是和园村一样靠在椅背上沉默着。就这样，涌上心头的醉意搅荡着体内弥漫的疲劳，我们渐渐睡着了。像朦朦胧胧地被裹在愉快的棉花云里，自己会不会就这样睡上两三天呢，半梦半醒间，我在意识深处这么想着……

杀人事件发生的第二天，我在园村家睡了一整天，很晚才回到小石川的家。一直担心我的妻子看到我马上就问：

"园村到底怎么了，果然是疯了吧？"

"还没到疯的地步，总之很亢奋。"

"所以昨晚到底是怎么回事？杀人事件什么的，是不是搞错了?"

"是搞错了么……反正我也疯了,什么都不知道。"

"但是,你们不是去了水天宫附近吗?"

我浑身一哆嗦,若无其事地回答:

"什么啊,后来我连哄带骗地送他回芝内去啦,谁会在那个点跑到水天宫去啊,真有杀人事件的话报纸会登的啊。"

"说的是啊,怎么会想这种事呢,人疯起来真是奇怪。"

妻子不再说下去了,也没有再起疑心。

时隔两日,我再次躺在自家的床上,回想起昨天以来发生的事情。说起来是昨天上午,那时自己正为杂志的约稿奋笔疾书,事情的开端是园村打来的电话。如果整件事都是梦,那这场梦和现实的连接点应该就是那通电话打来的时候,之后自己慢慢被拉进错综复杂的迷宫里。如果说园村的精神错乱传染了我,想必就是从那儿开的头。好像就是从那时开始,自己变得有点不正常,之后就正儿八经地不正常了……具体是哪里不正常呢?

我想破脑袋,都没发现自己不正常在哪里。昨晚目睹的画面,怎么看都是真的。昨天凌晨一点多,在水天宫后面,那场杀人事件确实是我切切实实亲眼所见。就算疯了,也很难否定亲眼看见的真相。那么,园村的猜想都对吗?

犯罪的性质，关于那女子的、平头男的，还有那燕尾服男的猜想都说中要害了吗？——既然我无法反驳，就只能承认他的推断是合理的……

这种不安和疑惑持续了五六天，期间我去过园村的府邸两三次，然而他都不在。看得出来他有要紧事，这段时间每天一大早出门，晚上很晚才回，看家的人都觉得不可思议。

过了一周，我又去拜访园村，很难得他居然在家，然后心情大好地敞开家门迎接我：

"嘿，你来得真是时候。"

说完以后，他突然压低声音：

"那女子现在在我书房里。"

他贴着我的耳朵说，听起来很欢喜。

"那女子？……"

我再说不出话来了。以为他不至于此，结果还是把那女子找来了。不，说不定是被那女子抓住了，还兴致勃勃地说什么要介绍给我。

"是啊，她来了……这五六天我都不在家，一直徘徊在水天宫附近，伺机接近那女子，可我万万没想到居然这么快就达到目的了。至于我是怎么做、如何一步一步接近她的，以后我肯定会和你详细说明。好了，总之你也见见她吧。"

可我还是犹豫不决,他仿佛在嘲笑我的胆小一般,说:

"好啦,快跟我去见见她,又不是什么危险的事,没事的啦。"

"那是,在你书房见的话当然不会有事,但慢慢熟悉以后,就说不定了……"

"熟悉亲近了不好么?她现在和我已经是朋友了。"

"你是因为好奇心和她做的朋友,事到如今我是阻止不了你了。但是,恕我很难凭着好奇心和她做朋友。"

"你是说,我好不容易请她到家里来,你却不愿看我的面子见见她喽?"

"我是很想见见她。至于正式的介绍就免了吧,可能的话,我就躲在阴暗处悄悄瞄一眼好了……怎么样?书房这边不好偷瞄,能不能请你把她带到和室那边,这样一来,我就可以从院子的灌木丛里偷看她了。"

"行吧,就照你说的办吧。为了尽量给你看清楚,等会我们到客厅走廊那边说话,你就蹲在篱笆背后,在那里肯定能把我们的话听得一清二楚。你见了她以后如果改变了主意,我随时都可以给你介绍,到时让女仆来传话就行。"

"哈哈,谢了。不过我想应该不劳烦传话的。"

我说着,突然想起一件让人担心的事,一把抓住园村的手叮嘱道：

"但是，如果往后你们的感情发展很好，你不至于蠢到把我们偷看杀人现场的事告诉她吧？你是不在乎就此丧命，可连累到我就麻烦了。"

"放心，这点我知道。她做梦都不会想到，我们偷看了她的秘密，当然我也绝不会向谁泄露的。"

"那就好，你真要给我小心点。不要忘了，那是她的秘密，同时也是我们的秘密，未经我允许，你没有权利擅自泄露这个攸关我俩性命的大秘密。"

我十分在意这件事，故意做出很恐怖的表情，以此警戒他不要轻举妄动。

那天，我躲在庭院篱笆背后再次窥看了那名女子。也没必要在这里长篇大论絮絮叨叨，只想补充说明，她的的确确就是那名女子，这次她梳了刘海，一眼看过去像是个女明星，她的手腕上一如既往地戴着那个手镯，闪闪发光，容貌不减当晚在节孔所见。

园村与她似乎已经相当亲密了，听起来两人是在两三天前于浅草清游轩的棒球场结识的，而且那女子还打中了近百个球。

"我的身世是个秘密，不能告诉任何人，所以在和我交往前，请您做好心理准备。"

她说，应该是以此为前提和园村交往的。所以，园村心里更加肯定他的猜测，装出一副不知道女子住所和身世的样子，整天整夜地在东京市内的酒吧、餐厅或旅馆与她相会。昨天是在新桥火车站碰头，去箱根温泉玩儿，住了一宿，回来就把她带到自己在芝公园的家里来了。

就这样，园村和缨子——女子如此自称——一天比一天亲密。我偶尔来访，都很少见他在家，倒经常看见他俩一同搭车兜风，一起坐在剧院的包厢里，或者手牵着手在银座大道上散步。每次缨子的衣服都不一样，有时在绉绸浴衣上披件羽织，有时梳着女角儿般的发髻再搭件小披风，还有时穿白色亚麻连衣裙配一双高跟鞋。缨子看上去是很美，但她的表情每次都不同，像变了个人似的。

就这样，有一天——大概在两人建立关系后过了一个月吧——发生了一件让我十分震惊的事。不是别的，一次偶然的机会，我发现园村身边不再只有缨子，那个平头男不知何时起也围在了他的身旁。那是在三越的博物馆，那时我正好参加那里的展览，看见园村带着缨子和平头男，正得意扬扬地从三楼走下来。园村像是有意躲着我，而我不禁被吓呆了，根本不敢打招呼。平头男很是滑稽地穿着大学生制服，像是寄食学生陪着居停主人，恭恭敬敬地跟在两人身后。

"连那男的都出现了，天晓得园村会遭什么灾。不能再让他任意妄为了。"

我想着，决心阻止他的疯狂。第二天一大早我便赶去他山内的住所。然而更令人吃惊的是，从玄关出来传话的侍从不是别人，正是那个平头男。

今天，他穿着久留米碎白点单衣，下搭了小仓裙裤。当我询问主人是否在家时，他毕恭毕敬地打开门说：

"主人在家，请进。"

他亲切地回答着，笑容却夹带着一丝卑劣。

园村靠在书房的桌子上，看上去十分闷闷不乐。我为了不让别人听到我们的谈话，就紧紧关上门，赶忙走到他身边。

"你、你怎么让那平头男住进来了？这到底怎么回事？"

我激烈地诘问他。

"唔。"

说着，园村斜眼犀利地瞪我，表情越发不痛快。可能在我的询问之下，他觉得羞耻，才做出了这副表情。

"你不开口我不知道啊，那平头男好像是以寄食学生的身份住进来的，是吗？"

"……目前还不能完全肯定,说是为学费犯难,想暂住我家。"

园村好像很费力地挤出这句话,极不情愿地回答我。

"为学费犯难?那么这平头男去的又是哪所学校?"

"听他说是法科大学的学生。"

"喂,他这么说,你难道就当真了?你确认过他真是法科大学的学生吗?"

我接二连三地诘问他。

"我不知道真假,总之他穿着法科大学的制服,说是缨子的亲戚,好像是表兄弟什么的。缨子也是这么介绍的,所以我也打算就这么和他往来。"

园村满不在乎地回答,一副有什么值得大惊小怪的样子,像是讨厌我,嫌我啰嗦多嘴。我惊得好一会儿说不出话来,呆呆地看着他,然后缓过劲儿来鼓励他:

"打起精神来,不然就遭殃了。"

一边说,一边拍了一下他的后背:

"你不是认真的吧?那对男女说的话,不能当真啊。"

"可他们都这么说了,我就这么想,不也刚好吗?没必要特意去探寻他们的身世吧。本来和这帮人交往,我就做好这种心理准备了。"

"但是,你不特意去探寻他们的身世,又和他们住在一起，有多危险你又不是不知道。你爱恋缨子，和缨子在一起，我不说什么，但至少不要靠近平头男，这道理你不清楚吗？"

听了我的话，园村把头转向一边，默不作声。

"园村，我今天来是为了给你提最后的忠告。这段时间，我看到你带着那男的去了三越，可能是我多管闲事，但我不能扔下你不管，所以今天才来了这里。如果你还当我是你唯一的挚友，就听我一句，至少远离那男的好吗？"

"我自己也很清楚那男的很危险，可缨子再三拜托我要照顾好他……我已经……已经无法违背缨子说的话了……"

园村像恳求我似的，可怜巴巴地低垂着头。

"你可能觉得不要紧，我之前也说了，你再这么鲁莽，最后会牵连我，无论如何我不能不管，实在不行，我们就报警吧，你要下定决心。"

可就算我沉下脸给他摆脸色，他也还是没有一点惊慌失措，反而格外冷静：

"就算你报警，他们也不是那种容易被警察抓住证据的人，不外乎我们白白招致怨恨罢了，这样一来岂不是更麻烦——算了，不报警的好。你不用担心我，我也很惜命，不会随便乱说。"

"你的意思是,无论我说什么你都不听喽?为了我自己的安全着想,从今往后我不会靠近你了,这点你不要怪我。"

"都这样了,还有什么办法呢……"

园村依旧波澜不惊,只是频频斜眼看着我的脸——为了爱情我连命都不要了,更何况只是一个朋友——他的眼神里好像有这层意思。

"那好,既然如此我告辞了。反正这儿也不需要我……"

说完,我飞快走向门口。园村并没有拦我,只是悠然地靠着椅子目送我离去。

就这样,我和园村绝交了。反正这个发疯的男人被我冷落一段时间以后,肯定会想方设法来和我道歉的,现在肯定在后悔惹恼我吧——我心里空落落的,过去一个月了,自那之后园村没有给我拨过一通电话,也没有给我寄过一封信。我那时说着说着就把话说得那么重,可心眼里根本没有疏远园村的意思,他现在音信全无,结果让我担心得不得了。

"说不定园村已经被杀害了,落了个和燕尾服男一样的下场?若不然,不可能放任我不管的。"

我始终挂念着这件事，何况，除友情之外我还有几分好奇，那个自称缥子的女子和平头男之后怎么样了呢？园村多少也知道了他们那些不可思议的内情吧……

我等了又等，九月上旬的时候，终于等来了园村的信。

"哼哼，果然还是你熬不住了吧。"

我突然觉得园村可爱极了，急忙把信拆开，然而，当我看到信的第一行，脸色就瞬间煞白，信的第一行赫然写着——"请把这封信当成我的遗书来读"。

"请把这封信当成我的遗书来读。我预想最近，应该是今晚，将死于缥子之手，他们应该还是用之前的方法来取我性命——如果说这是我逃不掉的命运，我也未曾想逃，所以，我必将死去。

"我这么说你很震惊吧，或许你会怜悯，或许你会感慨我这无可救药的怪癖和疯狂。但无论如何请不要怨恨我，如果要怨恨我的话，请先站在我的角度上为我考虑考虑。请不要将我如飞蛾扑火般不惜舍命的怪癖当成单纯的怪癖，之前我对你很无礼，那时的态度足以让你与我绝交。可老实说，我那时疯狂地迷恋缥子，为了缥子，就算让我失去最后的朋友你，我也在所不惜，甚至还希望你这个多管闲事的朋友今后不要再出现——我是抱着这种心理故意惹恼你的。我连命都不要了，怎么可能还会看重你我之间的友情呢？这一切都是我疯狂爱恋缨子的结果。所以，请不要有不好的想法。你深知我的本性，如今也一定原谅了我当时的无礼，素来富有同情心而又深深理解我的你，对今夜将要离开人世的我，应该只有同情而不会有憎恨。如此我就可以安心死去了。

"可是，为什么我非死不可？事情怎会变成今天这样？在死之前我要向你说明这些日子里所发生的事情，以免去你不必要的担心，这也是我的义务。借着这封信，在尽义务的同时，我还想拜托我最爱的朋友你处理我死后的事情。

"认识缨子之后的事情，细说起来可能没完没了，所以在这里就长话短说，后来的事你大概也能猜到——他们杀我的第一个原因就是，缨子如今只觉得我的存在是个障碍，从我身上得不到任何快乐和利益。她几乎一点不剩地卷走了我所有的财产，而她与我亲近，一开始就是在觊觎我的家产吧……我对此非常清楚，却无法不去爱她。第二个原因，是我渐渐知道了他们的秘密，这也许是他们要置我于死地的主要原因。出于自保，他们不可能留我这个活口。

"而我是如何知道他们要杀我的计划的呢？这里没必要细说了，你读一读这封信里面另外一张纸上的暗号应该就知道了。这张纸是我昨晚在院子里捡到的，无疑是缨子和平头男往来的秘密通信，他们又用了之前的暗号来商谈如何杀我。纸上写了什么内容，是什么意思，你只要照之前的方法破译就能明白。总之，今晚十二点五十分，他们要在之前的地点用同样的方法杀我，想必我将被她绞死，然后被拍下尸体的照片，接着被浸泡在盛满药液的盆子里，等到明天早上，我的肉体将永远消失在地球上。仔细想想吧，比起脑中风暴毙，比起被大炮炸个粉碎，这种死法也不差啊，何况还是死在这个我愿为她付出生命的女子手里。不夸张地说，以这种方式结束自己的生命，对我来说简直是无上的幸福。

"缨子会用什么方式带我去水天宫，我还不是很清楚，但是今天我们约好了一起去剧院，想必在回去的路上，她会想方设法把我骗去那里吧。这是我的猜测。

"我最初不过出于猎奇去试着接近她，如今到了不得不牺牲自己的地步。我若惜命的话，也是有可能摆脱今晚的命运的，然而我从未想过要逃。况且，一旦被他们盯上，就算我逃得过今晚，到底也不可能平安无事。不管怎样，我早就预料到今晚的结局了。

"但是，我必须跟你说一声好让你安心。他们只是察觉到自己的部分秘密被我知晓而已，至于那晚你我在节孔中窥看，以及捡到暗号破译等等，这些事他们似乎尚未察觉。

白昼鬼语 | 105

至少他们完全没想到，除我之外还有你也知晓他们的秘密。所以在我被杀之后，只要你不擅自揭发他们的罪行，就绝对是安全的。信封中另外一张写着暗号的纸，想请你当成纪念替我永远珍藏。再三请求你，不要拿这张纸片作为证据去揭发他们，这过于轻率。考虑到不给你添麻烦，我早就做好了心理准备，即便到生命的最后一刻也绝不说出节孔偷看的事。我想让缨子觉得，我是被她的美色所迷惑才上了她的当，最后死在她手上的爱慕者而已。我作为爱恋她崇拜她的人，这样做才更加亲切、更加忠诚。

"因此，我求你不为别的，请你在今晚十二点五十分，为我悄悄潜入之前那条水天宫的小巷，像那天晚上一样，从窗户的节孔里送我最后一程，请求你能在暗处看着'我'是如何消失在世上的。之前说过，缨子卷走了我的全部家当，我在这世上已身无分文，就算还有家产，也没有可继承的子孙，更不像你有艺术上的著作留传。如果连我最后仅存的尸体也要被溶解在药液中，那我活在世上的痕迹终将消失殆尽，而我活过此生的证据，就只剩你脑海中关于我的一点记忆而已。每每想到这，我都莫名感到孤独，才有了这个念头，想将对我生前的印象深深烙在你脑中，哪怕只有一点，而最好的办法就是让你看着我死去。如果你能为我从节孔窥看，我将心满意足、毫无遗憾地死去。

一直以来，我的任意妄为给你添了很多麻烦，临死还要拜托你这种事，你定会觉得我真是不让人省心。但是朋友，就把这当作是我们前世的某种缘分吧，请你务必答应我的请求。

"临死之前，我很想再见你一面，但这段时间他们一直守在我身边，能写下这封信已属不易。它能否在今天顺利送到你的手上，你今晚十二点五十能否赶来，现在我只担心这些。

"还有一个很重要的请求，就是你千万不要起什么好心，来搭救我。我希望被缨子杀死，这不是我一时的冲动。如果你多事，到处奔走干涉，就算你的动机出于友情，我也不得不恨你。你若这么做，我真的会同你绝交。如果你不了解我的性情，我就没必要和你做朋友。"

园村的信，就这么结束了。信寄到我家的时候，刚好是黄昏时分。

我今晚怎么办？是拒绝他诚挚的请求，向警察告发这个犯罪团伙，然后救他于危难之中，还是满足他的愿望，履行唯一挚友的义务？——当然了，我只能选择后者。

我终究没有勇气详细写下那晚在节孔里所看到的情景。虽然同样是杀人，可之前的死者是和我毫无干系的燕尾服男，今晚我却要眼睁睁地看着挚友被残忍杀害离我而去，让我如何冷静地描写这场景呢……

之前园村带我兜兜转转走的那些路，我都不记得了，所以几乎花了一个小时在那附近转来转去。就这样等我找到目的地的时候，比预定的十二点五十分早了五六分钟——不用说，门口又做上了鳞形记号，如果没有那记号，说不定我还找不到这儿来——我就这样一幕不落地看着园村被绞死，尸首被拍照后投入浴缸的整个过程。此前杀人过程都是背对窗户进行的，而今晚无论是杀人者还是被杀者都正对着节孔，一切像是专供我观赏一般。园村就算变成了尸体，他的眼睛也像在一直盯着节孔中的我。

脖子被缠上绉绸的绳子，园村发疯般拼命挣扎着，还有他断气之际沉重的、痛苦的、格外悲伤且难过的呻吟，与此同时，那装饰缨子双颊的一抹浅浅的冷笑，平头男那蕴含残忍嘲弄的白眼，这一切都让我如此胆战心惊，但凭读者们自由发挥想象。

尸体拍照、药液调和，万事皆按此前的程序进行着，最后当可怜的园村被浸泡在西洋浴盆里时，缨子说：

"这家伙和松村先生一样瘦，应该溶得很快吧。"

"但他很幸福，死在自己迷恋的女人手中，这不是他梦寐以求的吗？"

说完，平头男低声冷冷地笑。

屋里的灯熄灭后，我蹑手蹑脚地走出巷子，茫然地从人形町大路朝马喰町走去。

"就这样完了？园村这家伙就这么完了？"

我不停地想着，不是悲伤，更像是一种不尽兴的感觉。事情就这么结束了？这个平素反复无常、性情乖僻的男子死的时候也如此古怪，能把异想天开做到这个份上，不如说它是壮烈吧！

就这样，两天后的早晨，有人给我寄来了一张照片。打开一看，正是前天晚上被拍下的园村的死相，寄信人那栏是空的。

翻看照片的背面，上用陌生的笔迹写着这么一大段话：

"听闻阁下是园村先生的挚友，特将此照片作为纪念赠予您。阁下或许对园村先生匪夷所思的失踪，多少有所察觉。当您看到这张惨不忍睹的照片时，想必该更加明白这中间的秘密。总之，园村先生在某月某日某地，死于非命。

"另外，我等受园村先生的委托，向阁下转告他的遗言。在他芝山内的府邸，书房的桌子抽屉里有些金子，请阁下自由支配。这是他料到自己难逃厄运时的遗嘱。我等只是原原本本将话带给阁下。

"兹再补充一句，我等信赖阁下的人格。只要阁下不辜负我等的信任，我等也断不会给阁下带来任何麻烦。"

读完这段话，我立即悄悄地把相片放在信匣的最底层，牢牢锁上，直接赶往园村家。

可这到底是怎么回事！在他府邸的玄关前，平头男如往常一样还做着寄食学生。我还没开口，他就兴冲冲地领我到最里面的书房。

到底怎么回事！书房中央的安乐椅上，前晚本已被杀死了的园村，此刻正安然无恙地坐着，悠闲地抽着烟。我大吃一惊：

"畜生！园村你这家伙！居然骗了我这么长时间！"

我明白过来，毫不客气地走到他身旁：

"什么呀你，究竟怎么回事。到目前为止发生的事都是骗人的吗？我居然什么都不知道，白担心你了。"

我说着，死死盯着他看，像要盯出一个洞来。事实上，换作别人也就算了，可骗我的人是园村，让我怎么可能不生气。

"呀，真是对不起啊。"

园村缥缈地望着远方，悠悠地说。他的表情和往常一样忧郁，丝毫没有"看我把你骗得多惨啊"那种得意扬扬之色。

"我确实骗了你，可我并非是从一开始就骗你。前半段是我被缨子骗了，后半段才是你被我骗了，可这绝不是为了一时的消遣，总之你得谅解我啊。"

说着，他道出了不得不这么做的理由——

这个叫缨子的女子，曾是某剧团的女演员，美貌才智双全。但由于她生来就反社会的性格以及在性方面残忍的特质，不久就被剧团排挤，堕落到不良少年的群体里，专骗些有钱人。有个叫S的男子，以前曾经在园村府邸做过寄食学生，也堕落成不良少年，此后和缨子结识，缨子经常从他嘴里听到有关园村的传言。园村这人，有钱又有闲，喜欢乐此不疲搜寻奇怪女子，爱挑剔，还带些神经错乱。只要是他爱上的女人，别说全部家当了，就连性命都可以不要。凭你的智慧和姿色，一定能成功骗到他，我给你一条妙计，他只要看你一眼，就绝对会上钩，你一定要试试——S这样劝诱缨子。

从园村在电影院捡到那张写有暗号的纸条开始，到水天宫陋室里燕尾服男被杀，这一切都是缨子在S想出的计谋之下，配合男性同伙，故意将园村引诱到节孔前耍的手段。那暗号也是S闹着玩儿想的，而平头男丢掉纸条更是故意为了让园村捡到。溶解尸体的绿色和紫色的药水，当然也是胡扯的恶作剧，所以燕尾服男不过是装作被杀掉而已。松村先生之类的话，也是缨子突然想到报纸上刊登松村子爵的事件而巧妙地运用上了。就这样，深谙园村趣味和癖性的S的策略被完美地应验，园村立马被缨子迷住了。

到这儿为止都是园村被缨子欺骗，之后才是我被他骗。他和缨子亲近之后，醒悟过来自己被骗了，但是能把自己骗到这种地步，园村对缨子的怪癖——这种完全不输自己的怪癖，反而欢喜得不得了，对她的爱恋不减反增。虽然知道自己被骗了，可无论如何也不信那天在小巷子的节孔里看到的场景是假的，自己也想和燕尾服男一样死在缨子手中，这种愿望油然而生。

他任缨子随心所欲地摆布着。想要钱就给她，想要其他东西也没问题，到最后，他热诚地恳求缨子："我把所有家产都给你，无论如何请你把我杀死，就像上次一样，这是我唯一的请求。"然而，就算缨子这个不良少女的怪癖再重，也不可能答应这种请求。

"那至少请你装作杀死我吧，我想让我的朋友看看。"园村又如此拜托她。

——想来园村想让她如此，不单单是出于怪癖，还因为他自身特有的异于常人的性冲动吧。

"话说到这儿，事情的来龙去脉你大概都了解了。我不是因为想骗你才骗你的，我是想尽量让你相信园村这个人被恋人缨子杀害的事实，如果让你从节孔窥看，那晚的气氛和情景就会更逼真。只要缨子同意，我想我随时都可以死在你的面前。"

园村说。

过了一会儿,门外传来趿着拖鞋的轻轻脚步声,缨子走了进来。她双手玩弄着那条屡次被用于恐怖恶作剧的绉绸布条,像要把它介绍给我似的,站在我们两个男人中间莞尔微笑。

大正七年[1] 五至七月作

---

[1] 1918年。

人变成猴子的故事

"快过来,梅千代、照次、雏龙,大家都到这儿来,今晚爷爷给你们讲一个特别的故事。"

爷爷盘腿坐在六张榻榻米大的茶室炉子旁一边捋着像板垣伯爵[1]那样花白的长胡子一边说,一副心情很好、笑眯眯的样子。

"哇!爷爷要给我们讲故事啦,好开心呀!"

年纪最小、胖乎乎的雏龙一开口,白嫩的脸上就露出两个非常可爱的酒窝。

"今晚有空,本想着去干活儿的,既然这样就不去

---

[1] 板垣退助(1837—1919),日本政治家,自由党创立人。

了吧。"

说话的是瘦小却神采奕奕、气度大方,而且很有艺妓风范的艺妓梅千代。

"听爷爷讲故事要比干活有意思多了。一干活我就头晕眼花,很讨厌的。"

照次说道。深得这地方人喜爱的她,此时正微微皱着那如画般漂亮的眉头。

三个美丽善良的人儿都异口同声地说喜欢爷爷讲的故事,这也不是没有道理的。一提起春之家的老人,附近的人都知道说的是很会讲故事的留吉先生。爷爷的口才是出了名的好。都说花钱去曲艺场听落语、说书,还不如听爷爷讲故事来得有趣。

"快,我要开始讲喽,你们快坐过来。"

晚饭时喝了点酒,爷爷还有点微醺,脸上红亮红亮的,他挨个儿看了一圈围在身边的女孩们。在明亮的灯光下,她们看起来特别娇美,不同于平日在青楼、茶舍里看到的姑娘,有着不一样的华丽和娇媚,就像初夏野外盛开的瞿麦,爷爷坐在中间,满是皱纹的脸也恢复了年轻人般的血气。而纯朴的爷爷并未注意这些,只是满眼溺爱地看着孙女们,一个劲儿地笑。

"不一样的故事是什么故事呀,爷爷?"

雏龙天真烂漫的小脸蛋上露出担心的神色。

"爷爷,不一样的故事是不是妖怪故事呀?只要是爷爷讲的故事我都爱听,但如果爷爷讲的是妖怪故事,我听了会害怕,还是不要听了。"

"我觉得很好呀,我可喜欢妖怪故事了,虽然恐怖但还是要听的。"

梅千代说着,故意抖了抖纤细的溜肩,把膝盖往前移动了一步。

"不要啊,我不想听妖怪故事!"

"爷爷快别讲了,这晚上下着雨又冷清,听妖怪故事,我会不敢自己上厕所的。"照次用平时糊弄男人时的撒娇语气说道。

"不是妖怪的故事,你们安心听吧——话说起来,那是三十年前的事情了。"

爷爷往旁边壁龛方向看去,朦胧间像盯着什么东西看似的,接着讲了下面这个故事——

那时我三十岁正当年。记得当时我和阿鹤才一块儿在葭町开艺妓馆没多久,对了,那时候人形町还没有现在这么宽敞,电车什么的自然也没通。现在想来,那一带确实变化很大啊。如今从水天宫那边能穿到土州桥,但当时那一带真的是又窄又乱！首先吧，当时那儿还没有土州桥，走过旁边的荣久桥，对面就是土州藩主的府邸，然后径直来到人形町，在灶河岸拐弯的地方有家岛田照相馆，这些都是后来的事了。哦，哦，在现在的长谷川町附近，有座尾张町服部[1]那样的大钟，大钟不还留到现在了嘛。那亲爷桥大道上，老店有千束屋、蓬莱屋[2]，牛肉火锅店今清什么的都不算新店了。据说演戏的剧院原也没有明治座什么的，倒有个久松座，我记得是那戏棚被烧毁了以后才有了现在的明治座。总之是那个时候的事，我们在烤鸡店菊水的背面，在从与三郎剧院出来的玄冶店[3]里头，开了家字号叫若狭屋。馆里除了我和阿鹤，还有雇来的五六个人吧。其中有个叫丁次的姑娘，她后来去了新富屋，和上一代的某某人传过丑闻，后来又做了某某侯爵的妾，这么出名，想必你们也都听说过吧。都是丁次到橹下住之前的事情了。当时同丁次关系最好的要数我们家雇来的阿染姑娘了，她俩真的非常受欢迎！阿染当时大概十八九岁，比丁次年轻一两岁。论性格，丁次更加活泼可爱，相貌嘛，是阿染更胜一筹了。

1　这里指东京银座服部钟表店的和光钟塔。
2　千束屋是经纪行，蓬莱屋是卖煨豆的店铺。
3　地名，在日本桥北，是歌舞伎演员的聚居地。

我这儿还留有照片呢，浅草十二层[1]里陈列了百名美人的肖像，阿染也在其中。那些照片我整理过，按顺序找就能找到阿染。阿染看着身材娇小，气质稳重，肤色雪白，而且娇媚可爱，有点像时下女演员松岛和时藏的混合体。她出生在灵岸岛的和服铺，出身倒不坏，但父亲死得早，家里生活困难，再加上母亲其实也是继母，就这样林林总总各种原因加起来，阿染十五六岁的时候就被带到我这儿来了。我很喜欢这个端庄文雅的孩子，经常带着她去参加水天宫和弘法大师的庙会。来我这儿之前，阿染接受过很多技艺的教导，读书写字也有自己的心得体会，总的来说是个相当不错的孩子。她自己也是，一有时间就瞒着朋友们偷偷躲起来读书或者习字，刚被卖到这儿做艺妓的时候，对自己的境遇是讨厌得不得了，加上是继母养大的，十分悲惨，经常拿出亡父的照片，边哭边祭拜。她这样子，我真是可怜她，阿鹤却说这孩子性格阴郁，不讨人喜欢。后来阿染慢慢和大家熟稔起来，出去表演后性格变得活泼些了，也有人对她一见钟情，但那种莫名的阴郁性情还是没有完全改过来。有客人不喜欢她太过持重落寞，但也有客人说她

---

[1] 即东京浅草区的凌云阁，1923 年关东大地震后被拆除。

容貌姣好，气质又像外行，所以特别喜欢她。其中有两个热烈追求者，蛎壳町的掮客野田先生和堀留的麻布批发商内藤先生，两人都说要做阿染的丈夫，非常疼爱她。这孩子有这样的运气我也暗自替她高兴。当然，不仅是阿染，对于馆里的孩子们，我希望所有人都能有个好归宿，有出息，但是这孩子的身世要比寻常人更为不幸，因此我是又担心又欢喜。

这种情况，一直持续到阿染十九岁那年的春天。正值赏樱时节，四月初吧，恰逢水天宫举行庙会的日子。那时常常有人表演耍猴，当然现在偶尔也还能看到，但当时来我们附近表演的一年到头都是耍猴的啊角兵卫狮子啊什么的。中午，姑娘们正坐在土地间旁六叠大的房间里吃着点心，突然，那个耍猴人一下拉开格子门走了进来，一边敲太鼓唱怪歌儿，一边让猴子在榻榻米上跳舞。姑娘们吓坏了，尖叫着胡乱扔下筷子茶碗，慌张跑到旁边房间里来。正巧当时我在最里边的茶室看报纸，不清楚具体发生了什么事，似乎是那只猴子追着慌张逃跑的阿染，并紧紧咬住阿染的裙摆，怎么都不松口，只听到阿染的尖叫声："这是怎么回事？快来人啊！"我慌忙跑出去，正好看到猴子一边龇着牙狂吼乱叫，一边拼命拽住阿染的裙摆，阿染一副狼狈不堪的样子。阿染单手抓住隔壁房间的纸拉门，身体被猴子拽得向后倾，都快要倒下去了。她转过头来大喊救命，猴子却两手紧紧抓住阿染背后的太鼓结，似乎想跳到阿染的背上，幸好连着项圈的绳子被拉得紧紧的，它跳不起来。我跑到那边的时候，姑娘们都躲在旁边的房间里叽叽喳喳说个不停。一想到如果我贸然出手相救，也有可能会被猴子咬，我除了干瞪眼别无他法，就朝猴子又是扔点心又是撒钱，猴子却看都不看一眼。拉猴子的人，看着就是个喜欢恶作剧的坏心眼男人，嘴上"喂，喂"地训斥着猴子，手也紧紧拽着绳子，可实际上并没有真正让猴子停下来，只是笑着看姑娘们慌乱的样子。我狠狠地骂了他一顿，耍猴的却只是默默奸笑，利索地把猴子牵回去，背到背上就走出了巷子。

猴子做出这种事也常见，所以在那之后，我和姑娘们都没把这件事放在心上。虽然阿染也觉得裙摆被猴子咬破很不吉利，但似乎也忘了当时的害怕。没过多久，有一天夜里，过了十二点，阿染从浜町的春月表演回来，以为她进了便所，没多久只见她脸色煞白慌慌张张地跑出来，一下摔倒在走廊上，张着嘴瑟瑟发抖。

"小染，你怎么了，便所里有什么东西吗？"

丁次问道，但阿染什么都说不出来，只是不停地点头。

"到底怎么了？有什么东西？是不是有小偷藏里

面了?"

又有人问阿染,她也只是摇头,脸色越发苍白。如果不是小偷的话,会不会是猫呀壁虎呀,又或者是多足虫、老鼠、黄鼠狼之类的?姑娘们害怕地问,阿染只是不停摇头,傻傻地张着嘴,愣愣地盯着天花板的角落,不时叹一口气。

"……我刚才去便所,正准备解手,就看到茅坑下伸出一只毛茸茸的手……那不是人的手,是猴子的手。"

阿染好不容易回过神来,断断续续说出这些话的时候,已经过去了三十分钟。我从其他姑娘口中得知此事后,马上把便所内外和周围都检查了一遍,别说猴子了,就连一个脚印都没有找着。首先,要是小偷或者猫的话就另说了,但猴子是断不可能在这个时候藏在这种地方的,应该是阿染看错了。"阿染啊,你这胆小的毛病还真是让人头疼呀。"我大笑着说。姑娘们听了也终于放下心来,但我还是叮嘱她们晚上要关紧门窗,去便所时要结伴而行。只有阿染不认同我的话,坚持说:"不对!真的有猴子,肯定是猴子!"那天晚上她一夜没睡,整晚靠在被子上,睁眼到天明。

之后的几天里,阿染除了吃饭时心不在焉,看起来忧心忡忡之外,其他倒没什么变化。当然了,在那之后便所里也没有出现过什么奇怪的东西。"真讨厌,都是阿染,尽说些无聊话儿来吓唬我们。"姑娘们都笑话阿染的神经质。旁边的人都这样说了,阿染本人也渐渐放下心来,到最后也认为是自己看错了,继续像往常一样地表演工作。一天晚上,恰好是发生猴子事件后的第十天。我与阿鹤一同睡在最里面的茶室,我莫名地觉得热得睡不着,于是便在被窝里看话本,突然听到姑娘们住的二楼那边传来轻微的、像被困在梦魇之中的呻吟声。已过半夜两点,呻吟声在静悄悄的房子里越来越清晰,听起来像拉石磨的声响。是有人因为伤心而忍不住发出抽泣声吧?"嘶"的一声深深吸气,"呼"的一声长长吐气,有点像痛苦时发出的声音,听起来很阴郁。我觉得这声音不对劲,难道有人在发病?我独自起床,轻轻走上二楼。二楼有两个房间,一间六叠大,一间三叠大,丁次和阿染她们五六人分别睡在这里面。当我走到楼梯中间时,就听出这是阿染发出的呻吟声。可能是梦到猴子了吧,我得赶紧叫醒她。于是我漫不经心地轻轻拉开了二楼的隔扇门……还记得吗,刚刚说过,那时已经半夜两点多了,是个天气闷热、鸦雀无声的深夜……那时的艺妓馆还没有拉电灯,房间里的座灯发出微弱的灯光。明白了么,那座灯的灯光就朦胧地照在姑娘们的睡脸上。最里边靠壁龛睡着的是丁次,和丁次并枕而睡的阿染,白脸儿朝上仰睡。这孩子睡相到底挺好,盛夏晚上都未曾睡得乱糟糟的。说闷热吧,其实那时还是春夜,阿染的头规规矩矩地睡在枕头上，被子也好好地盖到下巴处，连我进房间都丝毫没有察觉，睡得很沉，可之前的呻吟声仍源源不绝，并没有停下来。当然，如果只是看到这般，我倒不会觉得有什么，但当看到阿染的被子上一动不动地坐着一只猴子时，我惊呆了，全身竖起寒毛，屏住气息，不敢发出一丁点儿声音。看到的若只是偷儿或妖怪，倒不至于把我吓成那样，可真是千想万想都想不到啊——它正是前段时间咬住阿染的裙子不松口的那只公猴儿，之前的项圈还好端端地在脖子上戴着呢！你们能想象我当时有多震惊、多害怕吧。就这样过了一会儿，猴子悠悠瞥了一眼呆若木鸡的我，既没有逃跑，也没有扑过来，只是稳稳当当地坐在阿染的胸口上，不停地眨巴着眼睛。阿染顶着那么一只东西睡觉，眼睛眨都不眨，非常沉稳地躺着，我甚至疑心她是不是已经被杀死了，不寒而栗。到如今我还清楚记得，阿染睡着的样子，看起来确实不同平时，感觉像被催了眠，眼睛想睁却睁不开，整个人不受自己控制。再仔细一看，才发现阿染的额头已经被汗浸湿，脸上发烫，两颊樱红，被猴子屁股压着的胸口周围，有股力量像波浪般一起一伏。随着呼吸，坐在被子上面的猴子身体会上下缓缓晃动，但阿染的胸口确实起伏得很厉害。实际上，如果再这样放任不管，阿染的胸口感觉会被涌上来的气息与猴子向下的压力挤破，就像气球被挤压一样。阿染确实没有死也没有睡着，只是无法控制自己的身体，想睁眼却无法睁开，看起来是在挣扎。她嘴巴紧闭，里面的舌头却动来动去，像在悲惨呻吟着"请救救我"。

但是，如果阿染只是睡得不省人事，又或者是做了另外的什么噩梦，等她睁开眼睛看见猴子，一定会大吃一惊。阿染平时优柔寡断又胆小，是个很敏感的孩子，说不定还会被吓得晕厥过去。一想到这儿我按捺不住了，打算趁姑娘们睡着的时候悄悄赶走猴子。于是我打开一扇窗，向猴子招了招手，示意它从窗户出去。也不知道为什么，猴子似乎明白了我的意思，从窗户跳到屋檐，消失在夜色中。我关上窗户，以防万一，又一一确认了姑娘们的睡颜，首先是阿染，然后是其他姑娘，确定她们谁都不知道刚刚发生的事情，并且睡得沉沉的，才松了一口气，暗暗庆幸这个结局。而从那以后，我再也没有在晚上听到过阿染的呻吟声。

第二天早上，我当然没对任何人提起昨晚发生的事，连阿鹤都瞒着。本来还担心阿染会不会察觉到什么，看她的样子又不像。但是，自从前段时间发生便所事件之后，我总感觉阿染变得无精打采，脸色苍白得像个病人，身体也日益消瘦。我问她："阿染，你是不是哪儿不舒服了？"

阿染摇摇头说"没有",依旧日益阴郁。没多久,阿染又变回刚被带到我这儿时那副畏缩不安的样子,变回了原来那种养女孤僻的性格,常常偷看亡父的照片,默默流泪。每天半夜我都起床到楼梯底下听,猴子似乎再也没有来过。而阿染的精神萎靡却再也没好起来,野田先生和内藤先生都很担心阿染,整天不是带她去看戏就是赏花,还到箱根泡温泉,但她始终不见好转。

直到四月二十,葭町的餐馆、酒馆和艺妓馆三个行业全员出动到荒川赏花,很多大船陆陆续续从久松桥出发,各个地方的艺妓和帮闲伴奏的结伴而行,我也带着我们店的人加入其中。阿染本来说头晕不想去的,最后被我强行拉上了船。这日一大早天气晴朗,像在邀请大家都来赏花一般。船从新大桥下驶向大川,穿过两国桥,再穿过厩桥时,有人弹起三弦,有人跳起了舞,还有人喝酒哄闹。从一开始我就特别担心阿染,坐在船头甲板上片刻不停地看着她。同行的大伙嘻嘻哈哈地聊天打闹,只有阿染闷闷不乐地坐在船头,无精打采地盯着水面。隅田江风猛烈地从旁吹动阿染溃岛田髻后头的发丝,嬉戏般拂过她忧愁的脸颊。消瘦的阿染却显得更加标致,就连常年见惯了阿染的我都看迷了,不由一惊:"真是个漂亮的姑娘啊!"就在我感叹阿染那举世无双的美貌时,船正好穿过吾妻桥。没错,我怎么可能忘得了！就在船准备穿过竹屋时，一只不知藏在哪儿的猴子突然从船舱里跑出来，穿过船舷，一下跳到阿染的脖子上。船里立刻骚动起来，阿染发出惨叫声："呀！"艺妓们争先恐后跑向船尾。看到这一幕，我吓得一下跳起来，立刻跑到阿染的身边，大声呵斥那只猴子"畜生！"，竭力想把猴子拉开，可是猴子骑在阿染脖子上狠狠拽着她的衣领不放，凭我一己之力怎么也拉不下来。终于，两名船夫过来帮忙，当我们把那泼猴扔到河里的时候，阿染突然失去意识倒在甲板上。猴子湿淋淋地跑过浅滩，跳到河堤上，一眨眼不见了踪影。

这玩意儿到底是什么时候、从哪里混进来的？船夫和其他人都觉得不可思议，但谁都无从知晓。船夫家住江户川附近，今天一早就把船划了出来，猴子不可能提前藏到船上吧。就算猴子提前藏在了船里，也不可能不被发现啊。越想越觉得这事奇怪。幸好没人发现阿染被猴子缠上这件事，我松了一口气。事实上，如果这种谣言一下传开的话，势必影响阿染的名声，这才是我最担心的。

没多久阿染醒过来了，但在船里睡了一整天。船到荒川码头靠岸时，大家都蜂拥上了岸，只有我寸步不离地守在阿染枕边，照顾她，安慰她。一想到那只猴子不知什么时候会再跑回船上，阿染连活下去的心情都没有了，始终惴惴不安地看向船舱的各个角落。

"阿染,你要振作起来。我就在这里守着你,什么东西再跑来都不用担心。"

我对阿染说。阿染只是虚弱地点点头,十分怀疑地凝视着我说:"哥哥,给您添麻烦了,真是对不起。但我这命,都是注定了的。小时候常常被继母苛责,长大了以为可以找个好人家了,不曾想却被这四只脚的孽畜缠上,我是真的不想活了。"

阿染说着,潸潸流泪,趴在我的腿上瑟瑟发抖。

"什么被四只脚的缠上,如今怎么会有这种蠢事呢!只是一些地方的传闻罢了,你说这不荒唐吗?你一向优柔寡断又敏感,不能为这种无聊事而烦恼。是,没错,那只猴子跑到船上来确实匪夷所思,但不能说明它从开始就是冲你来的啊,真的没必要为这种事情杞人忧天。"

我劝慰阿染,她却频频摇头,说:

"不是的。您能对我说这些我很感激,但我知道自己确实是被那只猴子缠上了。大家可能是今天第一次看到那只猴子,可我从前段时间开始,就每天被它折磨得痛苦不堪……那个,哥哥,那天半夜,您不是看到我被猴子折磨得痛苦呻吟的样子了吗?"

听到这里我不由得暗暗吃了一惊,沉默地盯着阿染的脸。阿染又接着说:"因为是哥哥您,我才坦白,请您务必帮我保守秘密。"

就这样,阿染跟我道出了真相——

"……这些话,听起来会让人毛骨悚然,所以我也从未想过要对别人说。事到如今我跟您直说,也是为了能和哥哥商量商量,若您可怜我,就请帮忙想办法救救我的命吧……再这么下去,我的寿命会一天天变短,不久就要死了。哥哥,您还记得前段时间水天宫庙会的那个晚上吗?也就是耍猴人来的那天晚上,我说在家里的便所看到猴子了,那时候哥哥把便所以及周围都检查了一遍,说没看到像猴子的东西什么的,还笑话我胆小。说实话,我当时也是半信半疑,自己也在祈祷事情像哥哥您说的那样,那种地方不可能有猴子,肯定是我的错觉。但过了两三天,正好是住在兵町的住吉先生家里举行宴会的时候,我无意间走进他家的便所——其实那段日子我不喜欢在家里上便所,每次出去应酬,都尽可能在外面方便——住吉先生家二楼大厅的楼梯下有个新建的便所,我刚走进去,又看到有只毛茸茸的猴爪突然从下面伸出来,冷冰冰碰到我的脚踝。我吓得一口气都提不上来,但终于还是忍住了,拼命向外跑,推脱说身体突然不舒服就坐人力车回来了。后来那只猴子不单出现在家里的便所,还出现在外面的便所,而且除我之外谁都看不见它。它似乎时时刻刻都跟着我，总出现在我去的地方。就像哥哥您说的，这种事一旦传开就不好了，所以我不敢对任何人说。在那之后我也见过好几次那只猴子。有一天晚上，我坐车从柳桥的雾风亭回来，不知怎的回头一看，看到清晨灰蒙蒙的大川边的街上，有个黑魆魆的猴影晃悠着跑着，循着车痕一直追了过来；之后还有一次，在从中洲春之家回来的路上，随行的还有跟班小新，要过女桥的时候，那只猴子突然从黑暗的小巷窜出来，跑在我前面，沿着桥的栏杆像球一样滚到河对岸，接着消失了。奇怪的是，只有我一个人注意到那只猴子，跟班也好车夫也罢，似乎谁都没有看到那怪物，而且它总在天快亮时才出现，还喜欢出现在人烟稀少、黑暗的大街上，因此外人才总没留意到吧。后来那只猴子脸皮越来越厚，天天晚上出现在我面前，有时我以为晚上它不会来了吧，结果一转眼又看到它不知何时已经蹲在隔壁屋顶上，一动不动地盯着我看。一会儿又看到它从走廊的地板下露出脸来，一下又不见踪影。我觉得自己已经受不了了，筋疲力尽倍感绝望，就在郁闷得不知该如何是好、快要坚持不下去的时候，一天晚上做了一个奇怪的梦。梦到那只猴子坐在我的胸口上说话，它说：'姐儿，您就了了我的心愿，和我共度余生吧。求求您，求求您了！'说着，它双手合十向我作揖：'虽然我是只卑贱的野兽，但我一定会好生待您的。如果您愿意遂我心愿，就和我一起到那遥远的深山去，和我一起在那里共度安乐的一生……求求您了，求您能理解我，怜悯我这卑贱畜生的卑鄙心情。'那猴子扑簌扑簌地流着泪，不停地在我枕边说着。我还没回过神来呢，猴子又说：'假如您不答应，我将一生一世恨您，阻挡您的情路。如果有想和您共度余生的男子，我必定作祟于他。我还将化为您的影子、您的太阳，一直跟在您的身边永不离开。'虽然猴子是在威胁我，却没有半点蛮横粗暴，它始终垂着头，认认真真的样子。那时我感到自己半梦半醒，知道自己当时就在家里的二楼，丁次她们就睡在我旁边，也清楚地看到她们睡在我旁边的样子，所以感觉那只坐在我胸口上的猴儿也绝不是梦。但是猴子说的话和它的一些细微动作，使得我的所见所闻亦真亦幻。这个梦太真实了，即使睡醒以后，我仍不觉得自己是在做梦，也完全无法分清什么时候开始是梦，什么时候开始不是梦。我拼命挣扎，想用力把胸口上的猴子抖下去，手脚却不得一分动弹；想要大喊'谁来救救我？救命啊！'的时候，嘴巴也一点儿都动不了，只能发出奇怪的呻吟声。而睡我旁边的人竟然一个也没有醒过来，特别是丁次，平时只要一说到老鼠就吓得跳起来的那个人，居然也睡得不省人事。接着猴子反复劝说了我整整三十分钟:'请您务必考虑清楚,在您没有答应我之前,我每晚都会来求您的。'留下这句话之后,猴子就消失了。从此之后每天半夜两点到三点这段时间,猴子必定会出现在我的面前。虽然我常常想要保持清醒不睡觉,但是一到那个时间点我就变得迷迷糊糊,被它引诱到梦里去。恍惚之间看见猴子进到屋里来,它一坐到我的胸口上我就呼吸困难,全身动弹不得。那天晚上哥哥您就是听到我的呻吟声才上二楼的吧?既然哥哥知道,也不必对我隐瞒。我清楚地记得那天晚上哥哥您站在那里的样子,我不停地喊'快救救我吧,请您快救救我吧。'但是哥哥您没有听见我的话,只是向猴子招手,把它赶出窗外。猴子一离开,我马上就清醒过来,但是我实在太害怕了,便故意装作睡着了的样子……"

我听了阿染的话,一时间竟不知该如何安慰她。我问阿染:

"但自从那天晚上之后,你再没有发出呻吟声,猴子也再没有来过了吧?"

阿染依旧低着头,叹了口气,接着说道:

"不是这样的。自那天晚上至今天,猴子天天晚上都来,只是我觉得不管我再怎么拼命叫都没有用,所以连发出呻吟声的勇气都没有了。我知道自己逃脱不了,已经放弃了。

夜里猴子一来,就不动如山地坐在我的胸口上,而我只是安静地听它说话。一般情况下,只要我安静地听它说话,猴子把想说的话说完了,待个半小时就会悄悄走掉。但是前段时间,内藤先生带我去箱根泡温泉的那晚,不知怎的它又来了。半夜两点左右它又坐在我的胸口上,说:'您很爱慕您身边的这位先生,还希望他把您带回家吧?如果是这样的话,我一定会向他报仇的,我会让他的寿命变短。如果您真的心疼这位先生,就乖乖听我的话跟我走吧。'猴子反复念叨着。幸好当时内藤先生睡得沉,什么都不知道,我的秘密才守到今天。但如果再发生今天这种事,就再也瞒不下去了。本来内藤先生还商量好要替我赎身,我想了想,索性拒绝他吧……哥哥,您说我到底该如何是好?这世上没有谁像我这么倒霉,摊上这种恶心事吧?我该怎么办哪?"

我越听越觉得毛骨悚然,只感到眼前一黑,竟不知如何是好。想了各种各样的办法,最后说道:

"实在没办法的话就报警吧,要是能把猴子抓起来杀死是最好不过的了,这样你也能安心,不用像现在这么心灰意冷,毕竟你和堀留的少爷也是好不容易才走到一起的,别轻易说解除婚约这种话。"

我不停地劝慰她,但阿染始终听不进去,说猴子活着的时候就能作祟，要是被杀了的话，它死后的怨恨岂不是更可怕。阿染还说虽然她和内藤先生两情相悦，自己也很想和他在一起，但是如果在一起了，自己的错被报复在丈夫身上，她会很内疚，更不想让这个秘密暴露出来丢人现眼。

自赏花之后，阿染拒绝了所有应酬，整天躲在二楼。不变的是猴子一到晚上就来控制她、烦她。我很担心，想让她振作起来，那段时间还特地去找了纹三郎稻荷里打着"天玄堂"招牌的算命先生，但算命先生也是说了些让人担心又让人费解的话。总的来说就是，这位小姐虽然被四只脚的孽畜捉弄得可怜，但她一生都无法逃脱这个命运。那个厉害的算命先生在听了阿染的生辰八字之后，哈哈大笑起来，说这女子应该是个养女，性格胆小怕事，孤单寂寞。紧接着说，世间常有被野兽爱慕的人，若此人意志坚定，大抵不会被缠上，然此女子意志薄弱，根本没有力气驱赶野兽，只能渐渐被缠上，最后丢了性命。还说什么即使杀了那只野兽，这位小姐也会被怨念附体。如果早点发现，或许还有救，事到如今，这女子的命运已无法改变。当我问到阿染以后会变成什么样时，"这个嘛，"算命先生歪了下头，"一般人遇到这种事情估计就自杀了，但我刚刚说了，这位小姐本就是个胆小力弱的人，说不定连自杀的勇气都没有。我猜她最后可能会因为爱惜性命，从了那只猴子吧。不，是肯定如此了。"虽然先生这么说，但我觉得也未必，然而可怕的是，没过多久，阿染诚如算命先生所说，跟着猴子走了……

到这里，爷爷终于说完了这个像他胡子那般长的故事。这时，梅千代、照次、雏龙，都像化石一样一动不动，小脸煞白煞白的，小嘴被吓得合不拢。

"接下来呢，爷爷，给我们说说阿染小姐后来怎么样了？"

梅千代回过神来，鼓起勇气，小心翼翼地问。

"你问阿染后来怎么样了？她后来被猴子带到遥远的深山去喽。自赏花以后，过了整整半个月，阿染突然不见了踪影。奇怪的是无论我们怎么等都不见她回来。我拉开她的梳妆台一看，发现了她留给我和内藤先生的遗书。遗书上反复哀叹她的不幸，并表示她对解决被猴子死死缠上的事早已不抱任何希望，她无法逃脱，所以不得不跟着猴子一同去了深山，只当自己是个可怜人儿吧。信上还写到，虽说活着或许还有机会重逢，但恳请大家把她忘了，权当她已死，就把今日当作忌日，每年上一炷香就行了。

"我和内藤先生一道，去了本所太平町的小旅店，找了在那儿住的耍猴人，问他猴子在哪儿。那人竟说不知道，养的公猴早在一个月前就逃走了,还说猴子是在野州的盐原一带捕到的,如果猴子逃回深山的话,想必是回那边去了。内藤先生特地前往下野,只穿着草鞋,从日光走到足尾,从高原岭走到盐原,整整找了十天,一路上不知见过多少猴子,始终没有找到阿染。最后,还是在鬼怒川上游的山路中,一块凸露于溪濑的岩石上,发现了像是阿染掉落的珊瑚簪子和玳瑁梳子。内藤先生把这两件东西带回了东京给我看,这猴子确实跑回那边去了。此后又过了五六年。某一年夏天,蛎壳町的野田先生去盐原泡温泉,就在深入盐原温泉观看那儿的瀑布的时候,他影影绰绰看到,对面山上有人在和猴子一起玩耍,那人身穿破破烂烂的树叶,披头散发,但从胸前垂着的乳房来看应该是个女人。内藤先生总对我说,那人肯定是阿染不错。

"要是真的,那阿染大概也变成猴子了吧。"

大正七年七月作

变成鱼的李太白

"很久很久以前,有一个地方……"民间故事一般都是这么开头的,这次不同。接下来要讲的故事,不同于"很久很久以前"这类陈词滥调。那是发生在大正盛世期间的一桩匪夷所思的荒谬故事,说出来让人瞠目,是才发生的。

话说在麹町的某户府上,住着一位非常天真可爱的千金小姐,名叫春江。春江今年芳龄十七,刚从女子学校毕业,谈婚论嫁尚早,终日练钢琴,学插花,打草坪网球,复习外语,做些喜欢的手艺,学些感兴趣的知识,在慈爱的父母身边过着快乐的日子。有一天,桃子突然来到春江家里玩——桃子是春江学生时代起就很要好的朋友——两人在宽阔庭院的池边并肩走着。

"春江,我呀,要结婚了。"

桃子突然说道，只见她既害羞又开心地低着头。这时，池中饲养的鹅突然嘎嘎地叫了起来，老实的桃子更加害羞，脸红彤彤的，头垂得越来越低。

"啊，真的吗？恭喜你呀。既然这样，我给你送点什么吧。"春江发自内心地为桃子开心。为什么呢？因为春江对桃子要嫁去的婆家再熟悉不过了。桃子的结婚对象，是一位年轻又才华出众的伯爵家贵公子，与容貌秀丽、气质贤淑的桃子颇为般配。春江想，嫁给这样的男子，桃子的一辈子都会很幸福吧。

"如果大喜之日定下来，务必告诉我哦。我一定一定要送上祝福。"就这样，春江与桃子做了约定。

就这样，刚过半年，到了池塘的木莲花盛开的时节，终于传来了桃子婚礼的消息。喜帖是一张镶着金边、印着铅字，像赛璐珞塑料制品一样闪闪发光的厚西洋纸，在字句的末尾处，桃子与伯爵家年轻公子的名字，像一对般配的夫妇般并排写在上面。春江一拿到喜帖就朝母亲的起居室奔去。

"妈妈！桃子马上要结婚了，我收到了请柬，想送些贺礼，您觉得我送些什么好呢？"

"是嘛？桃子就要当新娘了呀，真是可喜可贺。"母亲笑着说。在春江的朋友里，母亲最喜欢桃子了，就像春

变成鱼的李太白

江喜欢桃子一样,所以母亲此时的心情就像自己的女儿要出嫁一样高兴。

"我们来看看到底送什么好呢?送蓬莱山盆景?鲣鱼干?还是送些西洋风格的东西?哎,妈妈也没有什么主意,就按你的想法,送些桃子喜欢的东西吧。"

"好的,妈妈,那我自己去银座找找桃子喜欢的东西。"

"好啊,最好不过了。"母亲愉快地赞成了。

春江带着一个叫阿玉的女佣,一边想着"送些什么好呢",一边从日本桥大街逛到银座大街,一家一家地看商店橱窗。

"小姐一直都很会挑,今天一定能找到桃子小姐喜欢的礼物。桃子小姐到时候收到礼物,也一定会非常高兴的。"

阿玉这么说着,一边跟着春江新奇地看着各种各样的橱窗,两人逛了一间又一间的洋货铺、化妆品店、绸缎庄、金银店铺。是买珍珠戒指好呢,还是送条丝绸腰带?又或者是翡翠的和服腰带别针?珊瑚簪子?玳瑁梳子?春江在各家店前边走边想,始终拿不定主意。春天和煦的阳光照在窗户上,里面的物品像海底的珍宝缤纷陈列,春江全都想要。如果可以的话,春江想全都买来送给桃子。

"阿玉,这样子看下去要没完没了啦。我们快点决定吧,可我真不知道该选哪个。"

"小姐，别急，我们再好好看看，肯定会遇到特别合适的。"

就这样，两人走过尾张町大时钟的十字路口，朝新桥方向去了。

过了一会儿，看见一间商店的屋顶上有块大大的招牌，上面用金字写着"喜事专用赠礼定制"。春江并不想送些常见的礼物，本不打算进去逛，然而，她突然停在了橱窗边。

"啊，这个挺好的。"

春江指着摆在橱窗里的一条绉绸做的大鲷鱼说。除了鲷鱼以外，那里还陈列有高砂翁媪、松竹梅、各种各样的盆景，以及装鲣鱼干的小盒子，而春江看都不看它们一眼，只专心盯着这个鲷鱼造型的东西：它由大红色的绉绸制作而成，约三尺高，尾巴像城郭的鸱吻一样翘向空中，鱼鳍左右张开，玻璃的白眼珠子睁得大大的，一副呆呆的样子，被盛在素木架子上。那滑稽又可爱的模样，春江觉着甚是新奇：

"哇，这条鲷鱼好有趣。桃子本来就喜欢人偶、贴花之类的东西，送鲷鱼的话，她一定高兴坏了。"

听春江这么说，阿玉也马上赞同道：

"的确，这鲷鱼很精美呢。大红色的身体，鼓鼓的肚子，看着就很喜庆，果然很适合做贺礼啊。"

春江当即决定买下这条鲷鱼，并吩咐店员把它送去麹町的家里。回到家后，春江急忙走去母亲的房间：

"妈妈！妈妈！我呀，买到好东西啦。"她得意地讲自己找到了一条绉绸鲷鱼。

"真棒！妈妈也想早点看看那鲷鱼长什么样子呢。"

妈妈说完，非常开心地笑了。

这条红绉绸鲷鱼第二天就被棉花包着放在漂亮的木箱里从银座的商店送过来了。母亲，连同父亲和哥哥，甚至家里的很多佣人，都围着这条鲷鱼仔细地看，大家都称赞春江的眼光好，春江被夸得越发高兴和得意。而这条红绉绸鲷鱼和之前一样，睁着白色的玻璃眼珠，面色通红，一副呆呆的样子。

过了两三天，红绉绸鲷鱼被再次好好地收进箱子里，由爷爷的那位身穿黑羽二重纹样和服的总管开车护送去了麻布的桃子家。桃子想着好朋友春江会给自己送什么贺礼呢，满怀期待地掀开箱盖，发现里面的礼物不仅仅是桃子平日喜欢的绉绸工艺品，还是一条漂亮的鲷鱼。

"真漂亮！"

桃子不禁高声赞叹，与身旁的姐姐相视一笑。

"多好的礼物啊。这一定是春江妈妈的主意吧。"

姐姐说着，桃子却摇摇头，说：

"不，不是的。这绝对是春江的主意，因为春江她很清楚我喜欢什么样的东西。"

就这样又过了两三天，红绉绸鲷鱼作为桃子的嫁妆，从麻布桃子家被带到了富士见町的伯爵家。在喜庆的婚礼结束之后，鲷鱼同其他宫廷贵族送来的各种礼物一起，被摆放在夫妇房间的壁龛上，成了灿烂夺目的装饰。在那儿，有比红绉绸鲷鱼更气派的蓬莱山盆景和鹤龟，但红绉绸鲷鱼是这么多礼物中，最讨人喜爱又最具闲适恬静神态的一件。新郎不在家的时候，新娘子桃子总是待在屋子里，看着这条有趣的鲷鱼，兀自地笑。其实，细细端详之下，这条鲷鱼的表情反倒显得不那么滑稽了，歪着的嘴巴好像要说话，尾巴也很有气势地翘起。它静默地一动不动，那通红通红的、用力回头看的样子，让人不由得以为这是条活鲷鱼。

过了几天，壁龛上的装饰物一件件被收起来了，只有红绉绸鲷鱼还放在桃子身边。桃子就像养小鸟、小猫一样十分爱护这条鲷鱼。然而某一天，桃子如同往常一样在家里等着夫君回来，正目不转睛地看着鲷鱼，突然，夫君的母亲来到身边。

"桃子呀，你在看什么呢？"母亲问道。

"妈妈，我在看这条鲷鱼呢。这是我的朋友春江送的。

妈妈,您看这鲷鱼是不是好可爱?"桃子如实说着,母亲笑了。

"的确,这真是条制作精美的鲷鱼呢!不过呀桃子,婚礼上收的礼物要是一直摆放在这里的话有点奇怪,不收拾一下不好。既然是你朋友送的礼物,可以解开那块绉绸布啊,用它来做你和服的内衬,赶快叫人过来帮忙解一下吧。"

既然母亲都这么说了,桃子也没有不同意的道理。辛辛苦苦做成的精美绸布鲷鱼就这么解开的话,实在是太可惜了,但母亲说的也确实有道理。"那就按您说的做吧。"桃子很快听从了母亲的话。但她请求母亲,解开鲷鱼这件事不要让别人去做,她要亲自解开。

第二天下午,桃子把久久珍爱着的红绉绸鲷鱼拿到走廊向阳处,准备亲自解开它。她从出嫁时母亲买来的针线盒里拿出一把新剪刀,"咔嚓咔嚓"地一边剪断缝线处,一边将鲷鱼从素木架子上拿下来。一不小心,剪刀的尖端碰到了鲷鱼的侧腹,一直沉默的红绉绸鲷鱼突然发出了微弱的声音:

"好痛。"

桃子感到不可思议,心里却充满了惋惜之情,温柔地

说道:

"啊,对不起。不小心碰到你了,请你忍一下吧。"

红绉绸鲷鱼没有回答,只是瞪大的玻璃白眼珠子里,簌簌流出了泪水。

"啊,真那么疼吗?你别哭了嘛。"

"不,我不是因为疼而哭的。"鲷鱼又动了动嘴唇,说道。

"那你为什么哭呢?有什么悲伤的事吗?"

桃子问道,停下手中的剪刀,一动不动地看着这条红绉绸鲷鱼的嘴。

"我是为这只红绉绸鲷鱼即将被剥掉美丽的皮肤而悲伤,所以才哭成这样。这位小姐——啊不,年轻的夫人,您发发慈悲,请不要解开吧。我一直以来,都是以鲷鱼的形态生存的。"

红绉绸鲷鱼说着,眼泪流得更厉害了。

生性重情的桃子,对鲷鱼感到不忍,决定索性帮它,但转念一想,又不能违背母亲的话。

"我也觉得,解开你这么可爱的鱼儿是多么令人痛惜,但那是妈妈的吩咐,我没有办法。解开你身躯的布料之后,大可以用它来做我和服里面的内衬。所以还是算了吧,请你听话,好吗?你还会有来生的。"

变成鱼的李太白

听她这么说，鲷鱼还是不肯答应。

"您要剥开我的皮，用来做衣服里衬，实在太残忍了。"一颗颗泪珠依旧从玻璃眼珠里滚了下来。

桃子很为难，问道：

"你这么说，我真不知道怎么办才好。但你原本就不是一条活生生的鱼啊，就算被解开了也没有什么好悲伤的吧。"

此时，鲷鱼说道：

"不，我的确是条活生生的鲷鱼。其实，这个模型里有鱼的灵魂。"

"那很奇怪啊，绉绸做成的鱼哪有什么灵魂啊。"

桃子说完，那鲷鱼像池里的锦鲤那样，"啪"地一下张开嘴巴，咔哧咔哧地笑了起来。

"您居然这么问，真不像伶巧的夫人您啊！即便只是一件人造工艺品，一旦被做成了鱼的形状，里面就不可能没有灵魂。而且我呢，确实是很久以前在大海生活过的鲷鱼。"

"阿弥陀佛！海里真有像你这样通红的鲷鱼吗？"

桃子觉得红绉绸鲷鱼说的话实在奇怪，便开了句玩笑。

"不见得没有。我生活过的大海可不同那些普通的海，那里流淌着的不是咸水而是酒水，所以我不知不觉就醉了，脸变得通红。我绝对没有说谎，千真万确。"

红绸鲷鱼在木架子上张开了鳍，轻轻行了个礼。那样子还真像摇摇晃晃醉了的鱼。

"真的吗？你以前是真鱼吗？"

桃子完全相信了红绸鲷鱼的话，接着问道：

"那你生活过的酒海究竟在哪里呢？那里生活的鱼儿都跟你一样醉醺醺的吗？"

"不，并不全是这样的。"

红绸鲷鱼像人一样摇了摇头。

"其实，我在成为鱼之前是一个很优秀的人，人吧人，可是一个很伟大的诗人。那已经是很久很久以前的事了，距今大概有一千年以上了吧。那时候的唐代有个叫作李太白的大诗人，小姐——啊不，年轻的夫人，想必您一定知道吧？这个李太白，不瞒您说，其实就是我。我绝对没打诳语，千真万确。"

红绸鲷鱼十分得意，要真是人的话必定会用手抚一下胡须或者抖一下肩膀什么的，而它现在只能从两边的鳃吹一下气，翘一下尾巴。

"呀！那你是李太白喽？"

变成鱼的李太白

桃子吓了一跳。

"但是李太白掉进水里以后，不是变成锦糸鱼了吗？然后被大鲸鱼吸入腹中，最后喷上了天变成了星星，不是吗？我记得是这样的。如果你是李太白的话，那么传说都是假的？"

桃子疑惑地问道。

"您说什么？李太白变成了星星？"

红绉绸鲷鱼睁大了眼睛，过了一会儿似乎想起了什么似的，点头说道：

"哈哈，原来如此，我知道了。小姐——啊不，年轻的夫人，您一定是读了佐藤春夫那本《李太白》吧！然后便相信了里面写的东西，对吧？"

"嗯，是的。我最近刚读完那个故事呢。"

桃子因为被红绉绸鲷鱼猜了个正着，索性就坦白了。

"那个男人写的东西，都是添油加醋瞎说的，不是真的。他说的事，信不得。"

红绉绸鲷鱼瞪着的玻璃白眼珠子里，露出了嘲笑。

"那个男人，不过是从来路不明的中国古老民间故事里取材乱写的。李太白在采石矶落水的那段倒是真的，后来变成锦糸鱼、变成星星这些荒唐事就信不得了。无论是谁，说过些什么，都不会改变我是李太白的事实。"

红绉绸鲷鱼有点动气，不断强调这个事，桃子连忙安慰道：

"好啦，我知道了。你是真正的李太白，佐藤这个人说的一定是假的。"

然而，红绉绸鲷鱼还是一脸不满足：

"不，倒不是那男的说谎，他准是被锦糸鱼给骗了。为什么呢？我李太白，从采石矶沉入扬子江，被迫游去南海的那段日子里，不知怎的就变成了通红的鲷鱼。而那片江河大海里，游着好几百条鱼，都谎称自己是李太白。其中有全黑的鲤鱼、银色的鲈鱼，或是其他的同伙，它们或许还能骗骗人，但就连那些章鱼、水母都争着说自己是李太白，它们自以为是的模样，实在可笑极了。李太白就算在夫人您的眼前，也绝不可能是鲤鱼、鲈鱼、锦糸鱼这类普通的鱼。我说我是李太白，证据就是这张喝醉酒后通红的脸。这下您应该能判断了吧。"

红绉绸鲷鱼说着，本就歪着的嘴更歪了，眼神十分自负。

而桃子，知道了这条红绉绸鲷鱼就是真正的李太白，终于停下了手里的剪刀，然后瞒着夫君的母亲，偷偷把它藏到了衣箱的最里面。

打那以后，桃子经常趁家里没人的时候，偷偷掀开衣箱的盖子，把红绉绸鲷鱼拿出来看一看。不知为何，变成鱼的李太白再没有张嘴说话。只是跟被春江从银座橱窗带回来时一样，通红的脸上浮现着滑稽的表情，一副呆呆的样子。

大正七年八月作

美食俱乐部

一

恐怕,美食俱乐部的会员们之好美食丝毫不亚于他们之好美色。这是一群懒汉,除了吃喝嫖赌外无所事事。他们一旦费尽心思寻到什么与众不同、绝无仅有的美食,就如同找到绝色美女一般扬扬得意。只要世上有厨子——只要有能做出这种美食的天才,他们说不准就会像霸占一流美妓般一掷千金,将其雇到家中。美食俱乐部的会员们坚信:如果有天才艺术家,也一定有天才厨师。为何?因为在他们看来,料理是艺术的一种,料理的艺术效果至少比诗歌、音乐、绘画更胜一筹,在饱食餍足之后——不,单单是围坐在摆满珍馐的饭桌旁的那一刹那——就如同在欣赏绝妙的管弦乐时感到的兴奋和陶醉里,飘飘欲仙,忘乎所以;他们还坚信,美食带来的不仅是口腹之愉悦,还有精神之快感。何况,恶魔还拥有与神灵同样的权力,不止料理,所有肉欲到达极顶时,其快感都是一致的……

然而,美食俱乐部的每位会员皆因美食而吃不消,终日顶着便便大腹。不仅肚子,整个身体的脂肪都过剩,胖乎乎的脸颊和大腿像是用来做东坡肉的猪肉般肥得流油。他们之中光得糖尿病的就有三人,几乎所有人都患有胃下垂,还有人曾因盲肠炎几近丧命。而出于无聊的虚荣心和对"美食主义"信条的绝对忠诚,他们中没有人害怕这些疾病,即便害怕,也没有一个为此退出美食俱乐部的"懦夫"。

"我们这些人,快得胃癌死了吧!"

他们彼此笑话道。像被扔在暗处豢养的家鸭,为使肉质鲜嫩肥美而吃足了可口的饲料一般,待到饱食之时,很可能就是他们命丧黄泉之日。在那一刻到来之前,他们即便个个肚胀积食一个劲儿地打饱嗝,也从早到晚不停进食。

二

正因为聚集的都是怪人,会员人数不过五个,所以只要有空——也因为随时有空,所以几乎是每天——就聚在会员的宅子或俱乐部楼上。白天吧,一般都在赌博,赌博的种类呢,有花合、猪鹿蝶、桥牌、拿破仑、扑克、二十一点、五百分……他们用尽各种方法赌钱,个个都是赌博高手,技术娴熟,难分伯仲。到了晚上,他们就用赌来的钱去享受饕餮盛宴,晚宴有时设在某个会员的家中,有时在市内的餐馆,而东京有名的料理他们基本都吃腻了。首先,他们已经把赤坂的三河屋,滨町的锦水,麻布的兴津庵,田端的自笑轩,日本桥的岛村、大常盘、小常盘、八新、难波屋等这些日本料理店都扫荡过好几遍了,再没什么稀罕。每天早起唯一挂念的就是晚上吃什么,连白天赌博的时候也都为晚餐而烦恼。

"今晚想喝甲鱼汤喝个够。"

不知谁在赌博的时候哼唧了这么一句,强烈的食欲仿佛一道闪电,瞬间传染了这群冥思苦想的同伙,所有人感同身受,表示赞成。他们的表情和眼神中除了寻常的赌徒神情外,还闪烁着一种异样的、仿佛饿鬼才有的贪婪而骇人的光芒。

"想喝甲鱼汤,还想喝个够啊……可在东京的餐厅能喝到什么像样的甲鱼汤吗?"

不一会儿又有人语带担忧,自言自语道。尽管很小声,

美食俱乐部

却打消了大伙好不容易燃起的对美食的执念,大伙顿时沮丧不已,连打骨牌的手也自然而然地失了力度。

"哎,东京绝对不行。我们今晚坐火车到京都,上七轩町的丸屋那儿去吧,这样明天午饭就能喝甲鱼汤喝个够了。"

有人突然这样提议。

"好啊!好啊!去京都好,去哪儿都行。说都说了,我可是一定要吃的,吃不到我不会善罢甘休。"

他们的愁眉这才舒展开来,一股重振气势的食欲从胃腑深处翻涌而起。出于对甲鱼汤的执念,他们特地坐上夜班火车,一路颠簸到京都,次日晚上又挺着灌满甲鱼汤的大肚子,心情愉悦地坐上返程火车,摇摇晃晃地回到东京。

三

他们的想法越发疯狂起来,想吃鲷鱼茶泡饭就跑去大阪,想吃河豚料理就跑去下关,甚至因为怀念秋田名产银鱼的味道,不远千里跑到暴雪肆虐的北国小镇。渐渐地,他们的舌头对普通美食都麻痹了,无论吃什么喝什么,再也感受不到预期中的兴奋与感动。日本料理自不必说,早吃腻了,西餐只要不是去西洋本土品尝,也无甚神奇之处,连最后的中国菜——被称为世上最发达、最富于变化,味道丰厚的中国菜,于他们而言也如同白水般变得索然无味。比起父母的病情,这群人更关心自己的胃腑满足与否,不用说,他们的担忧与不快简直非同一般。而这表现出来就是功名心,为了向其他会员炫耀自己发现了什么让别人赞叹的新奇美食,四处搜寻东京都里能称得上餐馆的地方,就像那些古董爱好者为了发掘稀少古玩而四处搜寻奇怪的古董店一般。有个会员在银座四丁目夜市上吃到了今川烧[1],称赞它为东京都最好吃的美食,还得意扬扬邀功似的向其他会员推荐;另一个会员则吹嘘,每晚十二点在乌森的艺者屋町摆摊的烧卖是天下第一美味。被这种情报说动跑去尝味的会员们却发现,那不过是猎食者本人对食物进行了过多思量,导致味觉不同于平日之错觉罢了。其实,会员们由于贪嘴都有些神经错乱了,虽然嘴上嘲笑他人,轮到自己有什么发现时,也同样不管好歹马上赞不绝口。

会员里曾有人这么聊过——

"吃什么总没点儿新花样可不行,那只能是找到大才厨师,才能做出些新美食啊。"

"谁能找到厨子里的天才,或者琢磨出真让人惊叹的

---

[1] 传统日本甜点,红豆馅饼。

料理,我们就给他发奖金,如何?"

"可是,不管再怎么美味,像今川烧和烧卖这种上不了台面的东西,都不值得发奖金吧。我们要的是色香味俱全、更适合大型宴席的美食。"

"也就是说,我们要的是如同管弦乐团般豪华的料理盛宴。"

通过上面的对话,各位读者应该能了解,美食俱乐部大概是什么性质的俱乐部、目前正处于什么时期了。为了讲述接下来的故事,本人预先做出以上说明。

四

G伯爵是俱乐部会员里最年轻的贵公子,有着最多的金钱和闲暇时间,为人机智聪颖,富于奇思妙想,也是会员里胃腑最强大的人。虽然只是区区五人组成的俱乐部,本无必要设什么会长,然而可能因为俱乐部会场设在了G伯爵的府邸楼上,所以那儿就成了会员们的总部,G伯爵也自然而然拥有了俱乐部干事、会长般的地位。因此,在搜寻美味佳肴、尽情贪享美食方面,不用说,伯爵比其他会员更加挖空心思百般思虑。另外,在其他会员看来,伯爵平素最有创造天赋,在搜寻美食方面大家自然对他期望最大，如果有人能得到奖金，会员们都希望那个人是伯爵。就算真要拿出奖金大家也毫无异议，反而打心眼里盼着伯爵能研究出什么绝妙的烹饪方法，将他们麻木已久的味觉带向深奥微妙、心醉神迷之境。

"料理的音乐，料理的管弦乐队。"

伯爵的脑海中不断浮现着这句话，他细细品味着。这该是一种能让肉体消融、让灵魂升天的美食——就像能让听者狂舞、癫狂至死的音乐一般——能给食者带来无穷无尽的美味，缠绕舌尖让人欲罢不能直至胃袋破裂。伯爵想，如果能做出这种料理，自己也能成为伟大艺术家了。拥有强大想象力的伯爵脑中，反复出现了许多关于美食的空想，它们荒诞无稽，不断浮现又消失。无论是睡着还是醒着，他都做着美食的梦……等到察觉时，只见漆黑中呼哧呼哧地冒着一股白烟，看上去很美味。这香味好闻得惊人，像是烤饼、烧鸭、猪肉、葱蒜、素烧牛肉的香味，强烈、芬芳、甜香的香味，混杂在一块儿像是从白烟里升起。他直直地盯着，隐约看见烟里悬挂着五六个不明物体：一块看上去分不清是猪的白肉还是蒟蒻的、白而柔软的块状物在微微颤动着。那块状物每每颤动时，浓稠若蜜的汁液就会啪嗒啪嗒落到地上，仔细看那落下的地方，茶色的堆积物如糖浆般浓稠，散发着光芒……而它的左边，是伯爵从未见过的、巨大蛤蜊般的贝壳。

美食俱乐部

五

贝壳频繁地开合着,"嘶"地全张开了,既非蛤蜊也非牡蛎的软体在贝壳中蠕动着……贝身的上方黑而坚硬,下方如痰般白而黏糊糊的。渐渐地,这黏糊糊的白色物体的表面上出现了奇怪的细纹。细纹刚开始像梅干的褶皱,慢慢地变深,最后像咀嚼后吐出的纸屑般,变得硬邦邦的。一会儿贝壳两侧如蟹泡般的小气泡扑哧扑哧地沸腾起来,转瞬间又如海绵般膨胀,贝壳的一面遍布着气泡,而贝肉也什么都看不见了……啊,莫不是这贝壳正被煮着?G伯爵自忖。正在这时,一股像蛤蜊锅,又比蛤蜊锅胜出数倍的香味扑鼻而来。小气泡一个个破了,流出了犹如融化的肥皂泡般的汁液,顺着贝壳的边缘冒起暖暖的白烟,流向地面。烟已流走的贝壳里,不觉变得硬邦邦的软体两旁,一下子出现了两个如同佛前供奉的糍粑一般圆润的东西,又似乎比糍粑柔软许多,像浸润在水中的绢豆腐般润滑白嫩,微微地软软地晃动……可能是贝柱吧,伯爵猜想,不久,贝柱逐渐变成茶褐色,开始出现裂纹……

过了一会儿,原先陈列在那儿的无数食物咕噜咕噜地滚动起来。承载食物的地面突然由下而上隆起,那地面过于巨大而迄今为止未被留意,不想竟是巨人的舌头,许多食物乱七八糟地在血盆大口中爬来爬去。

很快与这条舌头相称的上下排牙齿,如绵延天地间的山脉般悠悠地推上又落下,舌头上的东西被啪嗒啪嗒地压碎。被压碎了的食物如痈肿的脓般变成流体,黏糊糊地沾在舌头上,变得稀烂。舌头品尝美味似的舔舐着口腔的周围,犹如蠕动的红搪瓷般一会儿伸长一会儿缩短。喉咙处不时传来吞咽流体的"咕"的一声。

咽下食物以后,齿间罅隙、蛀牙的虫洞深处仍粘着许多被嚼碎的细小颗粒。这时,牙签出现了,牙签将那些细小颗粒一颗颗挑出,让它们重新掉落在舌头上。这时,好不容易咽下的食物又变成了嗝儿从喉头涌回嘴里,舌头再次因为涌出的流体而变得黏糊糊的。一次次的吞咽,又一次次地变成嗝儿。

六

眼睛忽然睁开,晚饭入肚的中国料理清汤鲍鱼的饱嗝不断在 G 伯爵的喉间鸣响……

这种梦伯爵连续做了十天。某天晚上,会员们照例在俱乐部的房间里吃过平常的飨宴大餐,挺着积食的大肚子围坐在火炉边烤着火,一个个叼着香烟,一副百无聊赖的样子。伯爵悄悄离开了，像要漫不经心地出门散步——虽说如此，也不单单是为了消化而散步。联想起最近这段时间做的梦，他觉得这是某种预兆，总感觉最近一定能发现什么好吃的。夜深时分，他之所以信步闲走，也是被这奇妙的预感所驱使。

这是寒冷冬夜近九点时分，伯爵离开了位于骏河台府邸的俱乐部。他戴着橄榄色礼帽，身着阿斯特拉罕式大领驼绒厚外套，拄着象牙手柄的黑檀手杖，一边一如既往地将涌上喉头的饱嗝儿咽回去，一边朝今川小路的方向漫无目的地走着。马路上熙熙攘攘，而伯爵对这些鳞次栉比的杂货店、针线铺、书店，乃至过往行人的表情服饰连正眼都不瞧。相反，只要是路过饭馆，哪怕饭馆再小，他的鼻子都会变得如饿犬般敏锐。想必大多数东京人都知道，从骏河台出发沿着今川小路走上两三条街，路右手边有一家叫作"中华第一楼"的中国餐馆。走到那儿的时候，伯爵突然停住了，抽动起鼻子（伯爵的鼻子相当敏锐，凭气味就能直接判断出料理大概的美味程度）。然而，他很快又放弃了，挥动着手杖，啪嗒啪嗒地继续朝着九段方向走去。

正当伯爵穿过小路，准备走向寂静的护城河畔的昏暗街区之际，两个叼着牙签的中国人迎面走来，擦肩而过。前面说过，伯爵根本不看行人，脑子里全是对食物的欲望；

若是一般情况他压根不会去留意那两个中国人，而就在双方擦肩而过的瞬间，一股绍兴酒的香气扑鼻而来，伯爵忽地转头，看向对方的侧脸。

"奇怪，他俩应该刚吃过中国菜，这附近是不是新开了什么店啊？"

伯爵小声嘀咕着。

这时，伯爵的耳里，听到了远处弹奏的中国胡琴声，在黑夜中哀婉而凄凉。

七

伯爵走到牛渊公园附近的护城河畔，停下脚步，在黑暗中凝神聆听。胡琴的声音并不是从热闹繁华、灯火熠熠的九段坂远处传来的，不管重听多少回，都像是从一桥方向那人迹罕至而一片死寂的单边街道深处、如在冬夜冻住一般寒冷的空气里传来的。那声音颤抖着如吊杆般吱吱呀呀，又如铜丝的声音般尖锐锋利，断断续续似乎马上要消失在夜色中。高音达到顶峰，犹如气球将要破裂般"啪"地忽然静止，下一秒，又犹有逾十人哗啦啦鼓掌喝彩，掌声出乎意料地近，急促地敲打着伯爵的耳膜。

"他们在开宴会，而且席上吃的是中国菜，可到底在哪儿呢？"

——掌声如雷，不绝于耳。刚要停止，却不知谁开的头，重新鼓起掌来，于是像几十只鸽子在振羽一般，掌声又一齐响起，恰似翻腾的波浪"唰"地退去又"唰"地涌起。像小鸟在汹涌的波浪间因溅起的水花而啾啾鸣啭般，胡琴奏起了新的旋律——伯爵的脚自然而然改朝音乐响起的方向走了两三条街。沿着一桥桥边稍前的某座宅邸围墙向左拐，道路尽头就是目的地。定睛一看，在众多重门深锁的房屋中，只有一家亮堂堂地开着灯，那是一栋三层木式西洋建筑。胡琴和拍手的声音显然是从三楼传来的，透过阳台上紧闭的玻璃门向室内望去，里面似乎有很多人围坐在桌边享受盛宴。对于音乐，尤其是中国音乐，G伯爵一无所知，也毫无兴趣，而在阳台下聆听胡琴，他发现那奇妙而不可思议的旋律简直像食物的香气一般刺激着他的食欲。伴随乐调，他脑海里不断联想起一切他所知道的有关中国菜的色彩和口感。胡琴之弦嘈嘈，如少女挤着嗓子发出尖锐声音，不知为何，伯爵想起龙鱼肠遍体通红的颜色和它刺激舌头的强烈味道；曲调随之忽然一转，变成了连绵的、喑哑粗钝到催人泪下的淫靡乐韵，伯爵只觉这迟钝的拍子让人静滞，舔舐不尽的滋味滚滚渗入舌根，这又让他想起红烧海参羹汤的黏稠浓重；最后，急霰般的掌声响起，无穷无尽的中国珍味佳肴一下浮现眼前，然后只剩见底的汤碗，四散的鱼骨、汤匙、酒杯，满是油污的桌布，种种都在伯爵的脑海里呈现。

八

G伯爵用舌头舔了又舔，再三咽下口中的唾液，强烈的食欲不断从肚子涌起，简直到了忍无可忍的地步。整个东京就没有他G伯爵不知晓的中国餐馆，什么时候这里冒出了一家新的？不管怎样，今日被胡琴声吸引至此，想来是冥冥之中的定数。仅凭这种缘分，这家菜就值得一试。何况凭自己的直觉，这里的菜想必是闻所未闻、见所未见的——伯爵正想着，明明已经饱食餍足的胃腑像催促他进食般一下子扯着肚皮凹陷下去。继而，犹如拼命争夺头功的武士，一种不可思议的战栗席卷伯爵的全身。

伯爵毫不犹豫地走进这栋楼的门口。意外的是，门却从里面牢牢地上了锁。不仅如此，这时手握门把的伯爵才注意到，在这家他一直以为是餐馆的大门柱子上，挂着"浙江会馆"的招牌。招牌是块极其破烂的白木板子，像经历了风吹雨淋般，墨色文字看上去很模糊，尽管如此，仍然能够分辨出中国人特有的雄健笔锋。虽然伯爵因为满脑子只想着吃的,才没有注意到招牌上的字,但只要稍稍留意一下建筑物的外形,就能判断这不是一家饭馆。如果是神田或者横滨南京街上的中国餐馆的话,店面会挂些颜色鲜艳的腊肉、烧鸡、海蜇和蹄筋之类的干货,入口处的门也肯定是四敞大开的。可眼前的这栋楼,之前也说了,楼下门窗紧闭,门也不是玻璃门,是喷了漆的百叶门,完全看不见室内;只有三楼是热闹的,二楼的窗户同样漆黑一片。大门正上方的屋檐下亮着一盏光线微弱的灯,灯光影影绰绰地照着招牌上的文字。招牌正对面的门柱上安装有门铃,写着英文"Night Bell",下方有张名片大小的白纸,用日语写着"有事请按门铃"。伯爵对这家的中国菜心驰神往,却没有足够的勇气去按门铃。既然叫"浙江会馆",怕是留居日本的中国浙江人组建的俱乐部吧。唐突闯进去,求人家让自己当宴会的宾客也不好——伯爵虽这么想着,却抵不过内心的执念,将脸贴近了门缝。

九

厨房看起来就在大门口附近,伯爵可以感觉到蒸笼中升起的水汽带着食物的暖香"呼哧呼哧"地从门缝往外冒。他想象自己的表情一定像极了蹲在厨房门口的猫,翘首企盼着洗涤槽上的大鱼大肉。如果能化身成动物的话,他想化身成猫,悄悄潜入厨房,把碗碟挨个舔遍,而他现在无比后悔自己没有投胎成猫。他"啧啧"地咂了咂嘴巴,顺便用舌头舔了舔嘴唇,愤愤离开了门口。

"难道就没有能让我吃上这家饭菜的办法么?"

楼上胡琴的声音和掌声如雨水般浇注在伯爵身上,他不死心地在这小路上踱来踱去。说实话,知道这儿不是饭馆以后,品尝此地料理的欲望燃烧得更炽热了。这不单纯是出于想向会员们炫耀自己发现美食的功利心。这里是浙江人的俱乐部,他们定能还原其家乡的真正风味。想象一下,全身心地享受纯正的中国菜、沉醉在丝竹管弦之中——哪怕只是想想,都足以让伯爵的好奇心更上一层楼。事实上,伯爵从未吃过真正的中国菜,即使常在横滨、东京吃到些奇怪的中国菜,那也多半是用贫乏的食材和半日式的调理方法做出来的。他常听人说,在中国吃到的中国菜绝不难吃,或许只有地道的中国菜才是美食俱乐部会员们梦寐以求的理想料理。若浙江会馆真如他想的,是个纯中国式的会馆,那么里面的美食世界才称得上是伯爵的理想世界,楼上饭桌上摆放的料理才是伯爵心心念念要创造又为之焦虑的伟大艺术品——一场叹为观止的味觉盛宴,此刻正一道菜一道菜地陈列在灿然的灯光下。伴随那胡琴声,这充斥着欢乐和骄奢的庄严的味觉管弦乐，正以它的嘹亮震荡在满座宾客的灵魂深处……伯爵也知道，在中国，尤其是浙江省周边，烹饪的食材最为丰富。一提起浙江，就自然联想起那儿有着以白居易、苏东坡驰名的风光明媚的仙境西湖，还有地道的松江鲈鱼和东坡肉。

十

G伯爵的味觉神经不断被刺激着，他在楼下驻足了将近半个小时。这时，二楼楼梯处传来闹哄哄的声音，似乎有人要下来。一个中国人迈着蹒跚的步子从大门内走了出来，大约是醉得厉害，刚出门身体就摇摇晃晃地一个趔趄，撞到了伯爵的肩膀。

"啊。"

那人叫了一声，然后像用中文道了几句歉，不一会儿似乎发现对方是日本人：

"真是十分抱歉。"

这次他用的是标准清晰的日文。仔细一看，是个年近三十、肥头大耳的学生，头上戴着帝国大学的学生帽。虽然郑重道了歉，但又似乎对出现在这里的G伯爵生疑，目不转睛地盯着他看。

"哪里哪里,是我不好。其实我是个特别喜欢中国菜的人,这儿传出的味道实在太诱人了,我忍不住寻着味道过来的。"

这天真又直率、还带着真情流露的话从伯爵嘴中不轻不重地蹦出,连他自己都想不到,有生以来他从未如此口出惊人。然而,恐怕这也是伯爵的肺腑之言——也许是伯爵那世所罕见的热忱和执着的欲望感天动地了吧,虽然这番言论听起来可笑,可学生摇晃着便便大腹当即发出爽朗快活的笑声:

"此话当真啊。我每次吃到好吃的就会感到无比快乐,不管怎么说,这世上最棒的应该是中国的美食吧……"

"哈哈哈哈……"中国人仍然心情大好般地笑着。

"……虽然东京的中国餐馆我一家不落地去了个遍,但说实话,我最近一直想尝尝中国菜,不是餐馆里的那种,而是中国人聚会时吃的那种纯粹的中国菜。唔,您意下如何呢?虽然很恬不知耻,但今晚能否让我也加入你们,让我也尝尝这里的料理?这是我的名片……"

说着伯爵从名片夹中抽出一张名片。

两人的对话不知何时吸引了楼上宾客的注意,接二连三下来了五六个中国人,走到伯爵身边围住了他,也有人从大门探出半个脑袋观看,原本黑漆漆的房檐下被室内强烈的灯光照亮，身披外套的伯爵那伟岸的风采和油光发亮的红色脸颊越发清晰。滑稽的是，身旁的这些中国人也和伯爵一样，营养过剩的油乎乎的脸上发着光，呵呵地笑着。

"来吧，请进！我们会让你大饱口福的……"

这时，冷不丁传来这句话，说话的正是从三楼窗口探出脑袋的人。顿时，哄笑声和掌声一齐在楼上楼下响起。

十一

"这儿的饭菜十分好吃。普通饭店根本比不上。相当相当不错。"

紧接着，围着伯爵的人群中又有人像是唆使般地补充道。

"来吧，不要客气。上来享用吧！"

最后，群集的众人都醉醺醺地半开玩笑地附和着，聚在伯爵周围散发着强烈的酒气。

伯爵多少有些不知所措，像做梦一般，跟随他们一起走进大门。先前从大门外面看还是漆黑一片的内侧房间，现在却灯光闪烁，罩住电灯的灯罩下面坠着用玻璃球串成的穗子。右侧的架子上摆放着各种瓶瓶罐罐，里面装着青梅、枣、龙眼肉和佛手柑，瓶子旁边挂着连皮带肉的猪蹄和猪大腿,猪皮上的毛被刮得干干净净,像女子的肌肤一般雪白,看上去柔软而艳丽。架子对面的墙壁上挂着石版印刷的中国美人图。窗户被分割成好几块,白烟和香味"噗噗"地从窗户孔中涌出,笼罩着这个不大的房间,朦朦胧胧的。正如伯爵所想,窗户孔的对面就是厨房。然而,伯爵只匆匆瞥了一眼一楼的摆设,就被带到入口陡峭的楼梯旁,顺着楼梯直直上了二楼。二楼的构造十分奇妙:楼梯上到尽头是一条细长的走廊,走廊一面是白墙,另一面是涂了蓝漆的木板围墙,围墙不足六尺,比天花板低那么两三尺,约三间[1]宽,每间各开着一扇小小的门。三扇门上都挂着沾有污垢的白色棉布帘子,甚煞风景,像是剧场的后台。就在伯爵上到走廊时,中间那扇门的帘子一阵晃动,一个年轻女人从里面探出头来。那女人长着一张胖嘟嘟的圆脸,皮肤煞白,大眼睛短鼻子,像一只可爱的哈巴狗。她皱着眉头狐疑地盯着伯爵,还以为她歪一歪嘴唇是要露出镶着金牙的牙齿,却见她"呸"的一声把西瓜籽吐到地上,随即缩回了脑袋。

"房间这么窄,为何要用木板分隔出这么多房间?帘

---

[1] 长度单位,1间约为1.818米。

子后的女人究竟在做什么？"

还没来得及细想，伯爵转眼又被带到了三楼楼梯处。

十二

这里的房间弥漫着和楼下厨房一样的烟气，烟气跟在伯爵身后，像顺着烟囱一般顺着楼梯攀爬而上，笼罩着三楼房间的天花板。还没上到三楼，伯爵就感觉全身吸满了烟雾，仿佛自己先被做成了一道中国菜。然而，笼罩着三楼房间的，并不只是厨房的油烟，还有烟草味、香料味、水蒸气、二氧化碳等等，各种各样的气体混杂着，像苍白的雾霭一般，浑浊了空气，让人分辨不清人脸。从屋外寂静昏暗的路上，一下被拉到这里，就是这浑浊的空气和异常的闷热率先引起了伯爵的注意。

"各位，向在座各位隆重介绍 G 伯爵。"

从领着伯爵到这里的人群中站出一名男子，特意用日语扯开嗓门道。

伯爵好容易才回过神来，忽然从左右两边多了五六只手，把他身上的帽子和外套一下子都抢走，不知给拿到哪儿去了。紧接着，一名男子抓着伯爵的手把他拉到餐桌前。和二楼不同，这里是打通的大厅，中央摆着两张大圆桌。

每张桌子围坐着约十五个宾客。他们紧紧盯着桌子正中的一个大碗,争前恐后地伸出勺子和筷子去分碗中羹汤;一张圆桌上的大碗里——伯爵偷偷看了一眼——犹如融化了的黏土般浓重黏稠的汤汁,里面分明浸泡着一只全乳猪,而那只是乳猪的外壳,皮下露出了像猪肉又像鱼肉般松软柔嫩的物体。无论外皮还是里肉都咕嘟咕嘟地被煮得像果冻般柔软酥透,勺子剜取的部分像被小刀切下般整齐平滑,四面八方伸出的勺子很快就把整个"乳猪"一块儿一块儿地瓜分得一干二净,像被施了魔法一般。另一张圆桌上的很明显是燕窝。宾客们频繁用筷子夹起那如同琼脂一般的燕菜,不可思议的却是那浸着燕菜的纯白色的汤汁,在日本的中华料理中只有杏仁露才有这种颜色和光泽。伯爵想到以前自己常常听说中国有种名为"奶汤"的牛乳汤,这难道就是传说中的奶汤?

十三

然而,伯爵并未被带到他们中间。除桌子之外,房间的两侧还安设了好像寺庙坐禅台一样的座位,座位上同样坐着很多中国人,他们围着紫檀制的小桌,有些坐在地板上,有些盘踞着床上的锦缎褥子,有些人叼着黄铜烟管,还有些人啜着景德镇茶碗里的茶。他们无一不是极度放松的状态，以一副昏昏欲睡的表情沉默地坐着，慵懒的眼神恍惚地看着餐桌那边的骚动。尽管如此，没有一个人气色不佳，或是模样寒碜，也没有一个人端着忧郁低落的神情。相反，每个人都体格伟岸，威风凛凛，脸上充满生机，只是那最重要的灵魂像被谁抽走一般，茫然恍惚。

"啊，这帮人定是刚刚吃过，现在正中场休息呢。这睡眼惺忪的模样想必是吃撑了吧。"

但其实伯爵看着那些睡眼惺忪的中国人，却是无上的羡慕。撑爆的肚子里是不是也像刚才那头全乳猪一样，五脏六腑里都填满了美食？如果哗啦一下割开那层肚皮，流出来的说不定不是鲜红的血，也不是肠子，而是碗里中国菜的那些黏稠浓重的汁液？从他们心满意足又很吃劲的模样推测，哪怕破开他们的肚皮，他们想必也能平静悠闲地坐在座椅之上吧。以伯爵为首的美食俱乐部，会员们虽然吃大餐已经吃到兴趣索然，但在饱餐后，从未像这帮中国人一样，让自己如此享受地闲坐过。

伯爵走过他们面前，他们只用余光瞥了他一眼，既没有人纳闷这客人的到来，也没有人上前迎接。

"这日本人到底为什么到这儿？"

哪怕让这疑问只在脑海里一晃而过，于他们而言也是种负担吧。

不久,伯爵被领路的中国人带到了靠在左侧墙壁角落里的绅士面前。绅士当然也是吃撑群体中的一员,不消说,也像废人一般睁着眼,瞳孔毫无生气,昏昏然抽着手中的烟管。

十四

因为发福,绅士显得年轻,但也将近四十了。他似乎是这些会员里的年长者。其他人大多身穿西服,唯独绅士穿着松鼠毛内衬的黑绸缎中式服装。但于伯爵而言,比起绅士的风貌,在绅士左右的两位美人更吸引他的眼光。一名女子身穿青瓷色的墨绿粗竖条纹上衣,下着一条同样粗条纹的短裤,淡粉色的袜子微微露出,精巧的银丝纹绣在紫色的棉缎靴子上,不大不小正好包裹了她小小的足踝。她坐在椅子上,右脚搭在左膝,小脚玲珑得宛如女儿家怀中精巧的荷包,可爱娇小。艳丽乌黑的刘海犹如垂帘般从中间分开,垂到眉边,刘海后若隐若现微微露出如同椎果般玲珑的小耳朵,琅玕耳环微微摇晃,蓝光闪烁。刚刚听到的音乐大概就是她弹奏的吧,她的膝盖上放着胡琴,戴着腕环的左手抱着胡琴的样子，好像辩才天[1]的画像一般。她的皮肤如玉光滑透亮，略略突出的黑亮黑亮的瞳孔，以及微微上翘的厚而鲜红的嘴唇，透出一股说不出的谜一般的异样美丽。然而，让人最不能忘却的是她的牙齿，只见她时不时露出牙龈，上下牙齿"咯咯"地并起，频繁用牙签去挑右上颌的虎牙缝，就连这种动作也会让人觉得她在炫耀自己那纤细整齐的糯米牙。另一边的女子虽然脸面过长，却丝毫不影响她的美感。穿着绣有牡丹纹样的暗褐色衣裳，衣襟上别着的珍珠胸饰，越发衬得她肤如凝脂，她和刚刚那名美女一样露出牙齿，拿着牙签的右手手指上，戴着镶嵌有五六个小铃铛的指环。伯爵往这边走的时候，两个女子都惺惺作态般把脸一偏，像在和那位绅士做着眼神交流。

"这位就是我们的会长陈先生。"

给伯爵领路的男子介绍着眼前的绅士。紧接着，他用流利的中国话像报告什么似的，有点好笑地开始手舞足蹈起来。会长一言不发，只一边眨巴着眼睛，像要打哈欠般对他的话置若罔闻，过了好一会儿，才勉强挤出一个笑容。

---

1 印度婆罗门教中的文艺女神，后传入日本为七福神之一。

"您就是 G 伯爵么？——是这样的，这儿的人都喝醉了，真是失礼啊。如果您喜欢中国菜的话，我很愿意好好款待一番。只不过我这边也都是些粗茶淡饭，而且今晚厨房已经休息了，抱歉得很哪，下次有空再邀请您吧。"

会长一副毫无兴致的语气。

十五

"哪儿的话，不必特意为我准备盛宴。其实我想恬不知耻地请求您，可否将诸君的残羹冷炙让我尝一尝，如此我便心满意足了。"

伯爵说道。如果对方再表现出一点好恶分明、宽宏大量的态度，伯爵甚至想毫无顾虑地、寒酸地直接乞讨求食，见过那一桌的美食，如果不吃上一勺，是决计不肯离开的。

"你看刚刚那帮人狼吞虎咽的样子，就知道也没什么剩的了，况且拿我们的残羹冷炙招待您，是十分失礼的做法，作为会长我决不允许这种事发生。"

会长好像很不愉快，眉头紧蹙，不断地数落着站在旁边的中国人。紧接着，他用嘲讽般的眼神瞥了一眼伯爵，冷酷无情地示意着中国人什么，像在说"快把这个日本人给我赶出去！"，而那中国人垂头丧气地试图解释什么，会长仍然一脸傲慢,鼻孔喷着大气,一副什么都听不进去的样子。

伯爵不经意间转过头,两名男侍者高高捧着新的大碗,正朝圆桌方向走去。这濑户瓷碗犹如一个圆形的、浅口的大水盆,里面盛满了饴糖色的汤汁,汤汁在碗中晃动着,掀起大大的波浪,冒着氤氲的热气。其中一个碗里,炖着一大块被煮干的茶褐色的东西,如蛞蝓般滑溜溜的,就像浸泡在浴池里似的。不一会儿,碗被放在桌子正中央,一个中国人站起身举起盛满绍兴酒的酒杯,紧接着一桌人都不约而同地站起来将酒一饮而尽。应该完事了吧,只见那伙人又抄起勺子握着筷子,哄然向碗中菜夹去。伯爵屏住呼吸看着桌子那边的光景,只觉喉咙深处的骨头"嘶嘶"鸣响,似乎要融化了。

"真伤脑筋。真对不住,会长他怎么也不同意……"

挨骂的中国人说着,一边挠头一边极不情愿地领着伯爵走向房间门口。

"都是我不好,喝醉了硬把你拉了进来。会长他不是什么坏人,就是有些不肯通融。"

十六

"哪儿的话,给你们带来大麻烦的人是我。为什么会长怎么都不肯答应我呢?我好不容易有幸目睹这般盛大的宴会,真是遗憾……是不是只要会长不同意,我就没辙了?"

"嗯,因为这座会馆全是那个人的势力范围……"

中国人说着,好像担心隔墙有耳一般,稍稍环顾了下四周。此时二人已经走出外面的走廊,到了楼梯口。

"会长不同意,想必是怀疑你的身份——说什么厨房已经熄火了,也是骗人的。你瞧那边的厨房还在做菜呢。"

果然,楼梯下面还在"噗噗"地不断冒着那股熟悉的香味,传出油炸般的"咻咻"的声音,交织着"扑哧扑哧"的爆油声,如同南京烟花般气势恢宏,走廊两侧的墙上黑压压挂着一大片外套,看来客人们不会那么快散去。

"这么说会长是把我当成什么可疑人士了。也难怪,像我这种没事逛到这条小路来,还在门前鬼鬼祟祟的,不被怀疑才怪,连我都觉得自己可疑了。可是,这是有很多原因的,如果非要解释的话,其实我们这儿有个叫美食俱乐部的组织……"

"你说什么俱乐部?"

那中国人偏了偏头,露出狐疑的表情。

"美食,美食俱乐部——The Gastronomer Club!"

"哦,我懂了,懂了。"

中国人点点头,一边说一边露出善意的笑容。

"就是遍尝人间美味的俱乐部。俱乐部的会员都是些没有美食就活不下去的家伙。现在我们正愁没有美食呢,所以会员们分头行动,每日在东京市内搜寻美味,却再没发现什么稀罕食物。今天,我也是为此事出门,不经意间发现了这儿,还以为只是家普通的中国餐馆,就走进小路来瞧一瞧。我绝不是什么可疑的人,我就是刚刚递给你们的名片上面写着的人,只要是和美食相关的,我都会不知不觉热衷,多有失态之处……"

那中国人一时间定定地看着伯爵滔滔不绝、神采飞扬的模样,也许觉得伯爵大概是疯了——三十岁左右的高个子男人,樱花色的双颊像醉了一般油光发亮,看起来正直可信。

十七

"伯爵,我一点都不怀疑你。我们——至少今晚在楼上聚集的这堆人,都对你的心情感同身受。我们虽然没有自命为美食俱乐部,但聚集于此也是为了享受美食,和你一样，我们也是热情的美食家。"

不知想到了什么，那个中国人说着，突然紧紧握住了伯爵的手，眼角浮现出一抹意味深长的笑，说道：

"我在美国和欧洲都待过两三年，方知这世上无论去到哪里，都没有什么美食可以同中国菜媲美。我是一个极度颂扬中国菜的人，并不是因为我是中国人，你也是一名真正的美食家，关于这点，我相信你应该和我持同样的想法，对吧？——你对我坦白了你的俱乐部，那么为了表明我对你没有丝毫怀疑，我也讲讲我们俱乐部——就是这座会馆的事吧！这家会馆确实能做出十分不可思议的料理。如你今天所见，在那张桌子上摆放着的料理，只不过是一个开头，一个序幕而已。这之后才是重头好戏。"

那中国人说着，像是为了试探自己这番话会给对方什么反应，做贼心虚似的瞄了伯爵一眼。而这番话，在伯爵听来，是为了勾起他的食欲而故意挑起的吧。

"真的？不是开玩笑骗我的吧？"

伯爵的瞳孔里，不知为何闪现出饿犬飞扑诱饵般强烈的神色：

"如果是真的，我想再一次求你，既然你都让我听到这份儿上了，还让我白白回去，不是太残忍了吗？可否向你们会长再解释一遍，我不是什么可疑人物，如果还不能打消他对我的怀疑，我就在他面前验证我美食家的身份。无论是中国菜还是什么菜，只要是日本有过的，我都能逐一猜出味道。这样一来，他就会明白我究竟是个多么热衷美食的人。但话说回来，他这么讨厌日本人，是不是有点奇怪？你说这是美食聚会，不会是其他什么政治聚会吧？"

"政治聚会？才不是呢。"

那中国人淡然一笑，否认了。

"可这个会馆……"

说到这儿，中国人稍稍停顿一下，突然用很认真的语气说道。

"我对G伯爵你是完全信任的——在入场者的筛选上，这个聚会比政治聚会更严苛。会馆里吃到的美食也完全不同于普通料理，就连料理方法对会员以外的人也是完全保密的……"

十八

"……今晚聚集在此的会员大多是浙江人，但不是随便浙江省的谁都可以入场，这完全取决于会长的意思。菜单、会场的设备、宴会的日期，以及财务等等，可以说全由会长一人说了算……"

"那这会长到底是什么人？为什么他有这样的权力？"

"一个十分古怪的人，有了不起的地方，也有荒唐之处。"

那中国人刚说完，像在犹豫什么，嘴里咕哝着。会场那边十分热闹，所以谁都没有注意他们二人的对话。

"荒唐之处是指？"

伯爵追问着。显而易见，那中国人很后悔自己说得太多太深，纠结着要不要继续说，最终没办法还是接着说了下去：

"会长啊，很喜欢吃好吃的，也会为此糊涂，甚至神经错乱。不，不只是喜欢吃，他也很擅长做。众所皆知，中国菜所用的食材十分丰富，但不止中国料理的食材，任何东西但凡经过会长之手，就没有做不成料理的。不要说世间的蔬菜、水果、兽肉、鱼肉、禽类，就是上到人类下到昆虫，所有一切都是绝好的食材。想必你也知道，中国人从前都吃燕窝、熊掌、鹿筋、鱼翅，但最先教人吃树皮、食鸟粪、饮人唾液的可是我们会长，后来那些水煮啊、火烤啊等各式各样的烹调法，也都是我们会长发明出来的。而汤的种类，也从之前的十几种，发展到现在的六七十种。最让人惊讶的是盛放食物的器皿，我们会长强调，食器不仅仅只有陶、瓷、金属等制作出来的盘碗壶勺。食物不仅可以盛放于食器之中，还可以滑溜地涂抹在食器外，或是从食器中如喷泉般喷出，还有时候甚至分不清到底哪部分是器物、哪部分是食物。会长认为，如果做不到这种地步，就无法品尝出真正的美食……"

十九

"……话说到这份儿上了，你大致也能意会会长做的菜了吧？出席聚会的会员为何需要经过严密筛选，可想而知了吧？——实际上，要是这种美食在一般大众中流行开来的话，估计会比吸食鸦片的风潮更可怕呢。"

"我想再了解一下，今晚就要开始大餐了吗？"

"嗯，差不多。"

那中国人像吸了口卷烟似的，一边咳嗽一边点着头。

"原来如此，我明白了，大概可以想象。这种美食聚会，在选人上比政治的秘密结社还要严格，那是理所应当的。实话说，我一直以来都怀有美食理想，和你们会长一般无二，可我一直弄不清楚该怎样实现我的美食理想。会长的伟大之处在于他知晓实现之道。如此严选入会者，加上会长自己如此严守秘密，为何不缩小聚会的规模呢？只是享用美食的话，自己独享也未尝不可啊？"

"不，关于这点也有说法。料理这东西，如果不能让更多的人共聚一堂、开宴齐享的话，是无法真正发挥美味的。这是会长的说法，也是会长一面严格筛选入选者，一面又举行今晚这种规模宏大的盛宴之原因所在……"

"和我想的如出一辙。我的俱乐部虽不过五六人，人数自然比不得今晚这种规模宏大的盛会，可我一直梦想着能参加今天这种宴席。我实在太想吃到美食了，一年到头都在做品尝美味食物的梦，日夜憧憬的就是同你们会长这种料理天才相遇。方才你说你对我没有丝毫怀疑，也出于信任和我说了这么多，想必你深知我是多么热衷美食。既然你都为我做了这么多，可否再进一步，重新向会长引荐我？如果会长无论如何都不允许，那我不坐在桌边，就悄悄躲在某个角落里，至少让我看一眼宴会的情形，行吗？"

二十

G伯爵的口吻很认真，不像只是在讨论食物而已。

"那，该怎么办好呢？"

中国人像是从醉酒中完全清醒过来一般，交错着手臂苦思冥想，然后一口将嘴中咬着的卷烟"呸"地吐到地板上，像是下了什么决心似的抬起头。

"我想着尽量展示我的善意,既然你都把话说到这份儿上了,我就让你看一下吧!但是,恕我难以做到再向会长举荐你,那样的话搞不好会长会把你当警察,我们倒不如瞒着会长,让你悄悄看更好。"

他说着,环视走廊,确认没人注意之后,突然伸手用力推了下身后的木板门,一会儿,那垂满外套的板门向后打开了,没有发出一丝一毫"咝咝"的声音,两个人躲进了阴影处。

房间的四周被单调的墙板封了起来,两边放有两张旧长椅,椅子边放着桌子,桌子上放着烟灰缸、火柴和茶水,除此之外再无别的装饰和设施。不可思议的是房间里笼罩着一股异样的、阴森的恶臭。

"这屋子是用来做什么的?怎么有股怪味。"

"你不认得这味道?是鸦片啊。"

那中国人平静地说着,脸上浮起一抹毛骨悚然的笑意。房间的一角放着一盏带有蓝色灯罩的台灯,昏暗朦胧的灯光照得中国人的脸一半陷入了阴影里,他的样子也像变成了另外一个人似的,迄今为止还带着善意和天真的瞳孔,此刻充满了亡国人般颓废和懒惰的神情。

"啊,懂了,是抽鸦片的屋子。"

"是的,恐怕你是第一个进这屋的日本人,就连会馆的日本仆人都不知道这间屋子的存在……"

中国人好像完全放松了警惕,缓缓坐在长椅上,一副习惯了的样子吊儿郎当地瘫软下来,用低沉的、无精打采的、仿佛吸食了鸦片的呓语般的口吻说道:

"啊,这屋里都是鸦片的味道,一定有人刚刚在这儿抽过鸦片。你尽情地看吧,这儿有小孔,从这儿看的话,应该可以看到宴会的情况,到这屋子里来的人啊,都是从这儿一边看着外面,一边沉浸在鸦片的醉梦里。"

二一

笔者确有义务将 G 伯爵从鸦片室小洞中看到的宴会光景进行详细叙述。然而,和会长严选入会者一样,如果不能精心筛选我的读者,很遗憾我不会和盘托出。经过那晚的窥视,伯爵平素的渴望究竟得到了怎样的治愈和安慰?为他之后的料理创意和才能带来了怎样长足的进步?针对这些,在此为读者们做个简单的汇报——实际上,自那以后不久,伯爵成为了一名伟大的美食家和料理天才,博得了来自俱乐部其他会员的无上赞美和喝彩。毫不知情的会员们都惊讶于伯爵不知从哪儿偷学来了美食秘籍,又经历了什么让他一夜之间掌握了如此叹为观止的料理方法。然而聪慧的伯爵却始终谨记他和那个中国人之间的约定,自始至终对浙江会馆的事守口如瓶,还不断声称这是自创的独门绝技。

"这可不是谁教的喔,全部源自我的灵感。"他装糊涂地说着。

自此以后,伯爵每晚在美食俱乐部的楼上举行叹为观止的美食盛宴。盛放在桌上的不仅是和中国菜相似相通的美食,也有些前所未见的菜肴。就这样,随着第一场、第二场、第三场宴会的进行,料理的种类和方法愈发地丰富多变起来。我们先从第一晚的宴会菜单开始,逐一细看吧。

清汤燕菜　鸡粥鱼翅　蹄筋海参　烤烧全鸭　炸八块
龙戏球　　火腿白菜　拔丝山药　玉兰片　　双冬笋

——这么举例的话,有人贸然断定这不过就是些中国菜而已,都是些司空见惯的中国菜名嘛!俱乐部的会员们最开始看菜单的时候,都不约而同地想:"什么嘛!又是中国菜!"这都成了上菜前的小插曲,但他们很快发现,那些摆在桌上的食物,同看到菜单时自己所预想的,无论味道上还是外观上,都大相径庭。

二二

就拿中间的鸡粥鱼翅来说,粥不是我们一般做的鸡肉粥,鱼翅也不是鲨鱼鳍。白色的热汁如羊羹般浑浊不透明,像融化了的铅一样凝重,在巨大的银盆里荡漾。人们被它散发的浓烈香味所刺激,纷纷你争我抢地将勺子伸向盆中,入口时意外发现口中弥漫着葡萄酒般的甘甜,哪里有半点鱼翅和鸡肉粥的味道。

"你这家伙,这东西哪儿好吃了,都甜到发腻了。"

一个性急的会员生气地说着。然而,话还没说完,他的表情就骤然一变,像在思考什么不可思议的事情,又像是想到了什么一般,睁着惊愕的双眼,刚刚还口口声声地抱怨"甜到发腻",现在鸡肉粥和鱼翅的味道才慢慢沁入舌尖。

会员们确实咽下了甘甜的汁液,而那汁液的作用并没有就此结束。口中弥漫开来的葡萄酒般的甜味渐渐变得稀薄,却始终萦绕不去,刚咽下的汁液变成了嗝儿重返口腔。奇妙的就是这个嗝儿,带着浓浓的鱼翅和鸡肉粥的味道。当这股味儿和残留在舌尖的甘甜互相混合的瞬间,一种说不出的味道袭来,美味发挥到了极致。葡萄酒、鸡肉和鱼翅的味道一同在口中沉淀发酵,又赋予食者以腌制食品般的味道。第一次、第二次、第三次，打嗝的次数越多，那味道也愈发浓厚近于辛辣。

"怎么样？还觉得甜得发腻么？"

这时的伯爵，看着会员们如出一辙的表情，露出了会心的笑。

"你们别以为我请你们吃这道菜是想让你们尝甜味的，我想让你们尝的是嗝儿，为了这嗝儿我才请你们喝甜汤。像我们这种经常暴饮暴食的人，首先要消除饱嗝带给我们的不快，那些吃饱了却让我们不舒服的饭菜，不管再好都算不上真正的美食，而那些越吃越能感到一阵儿接一阵儿饱嗝传来的美味，才能填进我们饱食而不知饱却已撑满的胃里。这道料理虽算不上什么惊艳之作，但我推荐给诸位是有原因的。"

二三

"抱歉。能发明出这道料理，奖金得主当之无愧啊。"

座位上传来这种声音。原来，那个最先发难于伯爵的男子现在第一个表示了称赞，在场的人都对 G 伯爵的天才敬慕不已。

"不过，您不会告诉我们料理的奇妙做法吧？为何甜汁能引出奇妙的嚼儿？这将成为我们永远都解不开的谜了。"

"抱歉，恕我无法公开。如果我发明的只是单纯的料理，那作为美食俱乐部的一员，我确有义务传授于诸位。但这个你说是料理倒不如说是魔术，美食的魔术。既然是魔术，我有权将做法作为秘密保守起来，至于怎么做出来的，全凭诸位的想象喽。"

伯爵说完，露出了怜悯会员们的愚蠢般的笑容。

伯爵的"美食的魔术"不仅仅限于魔术，这一道道料理别具匠心，从各个方面都意想不到地冲击着会员们的味觉神经。味觉？——说味觉可能不够全面。实际上，会员们动用了他们所有的感官去品味美食，不单单用舌头，更用眼睛、鼻子、耳朵，甚至还不得不调动肌肤的每个细胞去品味；说得夸张点，他们身上所有的感觉器官都变成了舌头。拿"火腿白菜"这道菜来举例最合适不过了。

"火腿"是猪肉做的腌制食品，"白菜"类似于卷心菜，是茎又粗又白的中国蔬菜，但这道菜也和之前那道一样，起初丝毫尝不出火腿和白菜的味道，待尝到不同于菜单上的味道后，才慢慢尝到白菜火腿的味道。

这道料理上桌之前，会员们被要求先离桌五六尺远，分散站在餐厅四方，室内的灯突然被悉数熄灭，窗户和入口也刻意关严实了，没有透出丝毫微光。房间所有的东西都被置于伸手不见五指的深深的黑暗之中。在这死一般寂静的、连一根针掉在地面都能听到的黑暗中，会员们默默地站了三十分钟。

二四

请读者们自由想象会员们此刻的心情——截至目前他们已经吃了很多东西，就算没有被不适的饱嗝侵袭，胃也相当鼓胀了；他们的手脚感到由于撑肚而带来的倦怠和懒意，身体的神经麻痹到极致，实际上已进入昏昏欲睡的状态。这时突然被带入了一片黑暗，加上长时间的站立，他们那愚钝的神经又开始变得敏锐起来。"接下来会出现什么？这片漆黑之中我们会吃到什么？"期待在他们内心猛然复苏，让他们变得十分紧张。为了防止光亮特地熄灭了室内暖炉的火，房间的空气渐渐变得寒冷，睡意什么的早就跑得一干二净；在这不见五指的黑暗中，眼睛越发敏锐清明起来。总之，在尝到下一道料理之前，眼前一切已经给足了惊讶。

这种状态将要到达顶峰时，房间一角传来脚步声，不知是谁蹑手蹑脚走了过来。从衣服摩擦传来的妩媚的"沙沙"声和轻盈优雅的脚步声，可以很清楚地断定此人不是会员，而且绝对是名女子。谁都不知道女子来自何处，又是如何潜入室内，她仿佛被装入兽栏中的野兽，从房间的一头穿到另一头，默默地在会员跟前来来回回五六圈，大概持续了两三分钟左右。

不久，绕向房间右侧的脚步声突然停在了一个会员面前——在这里，笔者暂且将该会员称为A，接下来就站在A的角度和心情上说明发生的事；在轮到其他会员之前，他们身上无事发生。

A如今才真真切切地感受到，停在自己跟前的脚步声的主人果不其然就是一名女子。之所以这么说是因为女子身上独有的发油、妆粉和香水味清晰地向他鼻间袭来，味道距A如此之近，令他几近窒息。女子与A相对而立，脸与脸之间能感受到彼此轻微的摩擦。即便如此，A仍然看不清女子的容颜，室内的黑暗可想而知，只能凭视觉以外的感观去感受这名女子：额间可以感受女子刘海带来的温柔摩挲，襟前可以感知她香暖的气息，双颊被她冰冷且柔软的手掌上下抚摸了两三遍，让他心里有点发毛……

二五

从手掌肉感和手指的柔软度可以肯定这是一名年轻女

子的手。而这双手出于何种目的抚摸自己的脸？无从知晓。女子的手起初按着 A 左右两边太阳穴咕噜咕噜地打圈儿，之后她的手掌紧紧盖着 A 的双眼，慢慢地抚摸着，像是想要努力揉碎眼睛一般；手继续往脸颊方向下移，开始抚摸鼻翼两侧。左右手指上好像都带着几个指环，能感到坚硬而小巧的金属戒指带来的冰凉——以上手法基本与脸部按摩无异。A 乖巧地享受着按摩，像是被施了美容术一般，如沐春风的生理快感慢慢沁入脑髓深处。

这种快感继而被更巧妙的手法带向高潮。手按摩完脸上各个地方之后，捏住了 A 的嘴唇，像抻长收缩橡胶般拉起又放开。有时，手放在下巴处，使劲地将白齿左右的地方向脸颊按摩，有时又像缝上嘴巴四周一般，沿着上下嘴唇的唇线，咚咚地轻触着。接下来，指尖按着嘴巴的两端，一点点将嘴中的唾液向外挤出，最后又用唾液涂湿整个嘴唇，指尖好几次擦过嘴唇张合之处，黏糊糊的，滑溜溜的。明明什么都还没吃，A 的嘴却像被什么东西填满似的，不住流口水，食欲自然而然被点燃了。口腔里被食欲诱出的湿湿黏黏的唾液，从白齿后面滚滚涌出……

A 忍耐不住了，就算手指不做诱导，口水也啪嗒啪嗒地要流下来。不断摆弄着他嘴唇的指尖突然插入他的口腔，不断摩擦嘴唇内侧和牙龈之间的部分之后，又慢慢向着舌头方向入侵。唾液黏糊糊地包裹着这五根指头，已经分不清是指头还是其他什么东西了。这时 A 才注意到，那些指头再怎么被唾液沾染，也不可能变得如此黏糊，难以置信那会是人体的一部分。嘴里被插入五根手指应该很难受吧，而 A 丝毫未觉，真要说有什么难受，也就像是嘴里被硬塞了一张大饼吧。这些手指若游走错了位置，放到牙齿上面的话，真怕要被咬断三根四根。

二六

瞬间，A 感到粘在手上的唾液连同自己的舌头，有一股说不出的奇妙味道，这味道自然而然从湿淋淋的唾液中分泌出来，有点微甜，又似乎带着咸香。唾液不该有这种味儿，但也不可能是女子手上的味道……A 频繁搅动着舌头，吮吸着唾液，越舔越觉得味道不知在何处不停地分泌着。A 马上将唾液悉数吞咽，尽管如此，奇怪的液体依然一滴滴涌出来，像是从哪里被榨出来的一般。事到如今，A 不得不相信味道来自女子的手，因为他嘴里除了那只手就再没有其他外来物，而且，从一开始那手就连同着五根手指一直放在他舌头上面。迄今为止 A 都以为那些手指流出的黏糊糊的东西是自己的唾液，实则是手指本身如流汗般渗出唾液般的黏液——

"退一步说吧，这黏液究竟是什么东西？——这味道不是第一次了，好像曾经在哪尝到过……"

Ａ一边舔舐一边思量着。突然想起这好像是中国菜中火腿的味道。说实话，早前他就记起这味儿了，只是觉得太过巧合，才没有下定论。

"对，这分明就是火腿味，而且是中国菜里的火腿味。"

为了证明自己是对的，Ａ将味觉神经进一步集中在舌尖，越发执着地爱抚吸吮着那根手指。奇怪的是，手指越是按压着舌头就变得越柔软，就像被煮的软绵绵的葱一类的东西一样。Ａ突然发现，原本确凿以为的人手不知不觉化作了白菜杆，不，"化作"这个词不够贴切，因为它有着白菜的味道和口感，同时又有着人类手指的形状；食指和中指还像刚才一样戴着戒指，手掌和手腕也好好的连接着，但哪个部分是白菜，哪个部分是女人的手，界限不清，只能说是介于手指与白菜之间的某种物质。

二七

不可思议的还在后头。在Ａ思考的间歇，那个不知是白菜还是人手的东西竟像舌头般在口腔里动了起来！五根手指一根一根地搅动着，有些戳着大牙的虫洞，有些缠绕在舌头四周，有些夹在牙齿和牙齿之间像被啃食般前进着。从"动"这一点来看，无论如何是人手无疑，但从不断动着的过程来看，也暴露了它是由植物纤维构成的白菜的事实。A动了念头，像啃食芦笋尖头般试着咬其指尖，手指马上"咔嚓"地被咬断了，被咬断的"肉"完全变成了白菜，而且那是自己从未体验过的、带着甜味而汁液饱满的、像酱拌萝卜般柔软的白菜。

A沉醉在美味中，不由得将五根手指头悉数咬碎，被咬断的指尖依然保持手指的形状，一边沁出黏糊糊的汁液，一边在牙齿和舌头处搅着白菜纤维。不管怎么嚼，都有白菜不断地从指尖生出……像是魔术师手中抽出的绵延的万国旗。

当A觉得满肚子都是白菜的美味时，植物纤维的手指又一次恢复了有血有肉的模样，五根手指清除完留在齿缝的残渣之后，在指间撒下了薄荷般略带刺激而又清爽的东西，就完全抽离了嘴巴。

这便是第一夜宴会上最后的料理。通过以上两个例子，我们大致可以想象菜单的其他料理有多奇怪。白菜料理结束之后，漆黑的会场如往常一样亮起了灯光，却未见那有着奇妙之手的女子的半点身影。

"今晚的美食会到此结束——"

G伯爵扫视着一脸惊愕的会员们,简单地做了散宴致辞。

"我说过,今晚的美食不是普通料理而是料理的魔法。但要事先声明的是,我并不是出于猎奇才用这样的魔法的,绝对不是因为我做不出真正的美食才用这种魔法来蒙骗诸位。在我看来,要做出真正的美食,除了使用魔法以外别无他法……"

二八

"……为什么呢?单靠舌头来品尝的美食,我们吃够了。在现有料理的范围内,再没有什么食物能让我们感到满足。为了愉悦味觉,我们需要在不断扩张料理范围的同时,增加我们感官的多样感受。与此同时,为了让美食的效果达到最大化,还需要我们在享受美食之前,把好奇心充分集中在料理上。好奇心越是炽烈,料理所发挥的价值就越高。我之所以在料理上使用魔法,其实就是在挑拨诸君心中的好奇心……"

会员们带着一脸的茫然和莫名其妙,一言不发地离开了会场。

第二晚的宴席也同样在俱乐部会场进行。笔者不一一在此罗列菜名，避繁就简地挑出其中最奇特的料理在此着重说明。它就是：

高丽女肉

在第一晚的菜单里，先不说料理的内容，单就名字来看都是纯正的中国菜，而这高丽女肉在中国菜中难得一见。如果只是高丽肉，中国菜里也不是没有。"高丽"在中国菜里是"天妇罗"的意思，猪肉天妇罗被称作"普通高丽"，那么"高丽女肉"按照中国菜方式来解释，自然就是女肉天妇罗。不难推测，当看到这个菜名时，他们的好奇心是多么旺盛。

这道料理既不是盛在盘子里，也不是装在碗里。它被一条巨大的、冒着腾腾热气的毛巾包裹着，由三个侍者恭恭敬敬地抬到餐桌的中央。毛巾里裹着身穿中国仙女装束的绝世美姬，笑靥如花地侧躺着。裹在她身上的绫罗衣裳仙气十足，乍一看是精巧的素白缎子，实际却是天妇罗的面衣。因此这道料理，只是让会员们品尝裹在女肉外面的面衣而已。

以上描述，不过是对 G 伯爵那套奇怪美食法的管中窥豹罢了。我们见微知著，可以推测伯爵所做的料理是多么富于变化，而他的创造方法是无尽的，即便笔者想详细追述多次宴会详情，也不可能尽展全貌。因此，笔者不得已从第三次到第五次、第六次宴会的菜单中，挑选其中最为稀有的菜名罗列于此，聊且搁笔：

鸽蛋温泉　葡萄喷泉　咳唾玉液　雪梨花皮
红烧唇肉　蝴蝶羹　　天鹅绒汤　玻璃豆腐

聪明的读者多能从菜名推测出背后暗示的料理内容。总之，美食俱乐部的宴会仍每晚在 G 伯爵的府邸举行，如今的他们已不是在"吃"美食、"品尝"美食，而是"疯狂"于美食。不管是发疯还是病死，笔者相信不久之后便能见证他们的命运。

大正八年[1]一、二月作

1　1919 年。